歴史文化セレクション

古事記の世界観

神野志隆光

吉川弘文館

はじめに

『古事記』はひとつの完結した作品として把握せねばならぬ。作品としての全体から切り離して部分部分をとり出し、たとえば『日本書紀』との比較を通じてその歴史的成立的背景や話としての展開・定着を論じておわるのでは、作品としての『古事記』の達成を見失うことになりかねない。いわゆる記紀研究への批判をこめて、本書はあくまで『古事記』論たることをめざしたい。『古事記』が上中下三巻をもって構築する全体をどのように見通すことができるか、それが本書のめざすところである。

上巻の神話的世界はそれ自体で完結するのでなく、中下巻へと接続して、『古事記』という全体をつくりなす。上巻をいわゆる神話として論じておわるのではその全体は問いえない。中下巻をも含みうる立論をもとめられるが、本書では、世界観という視点からそうした全体への接近を試みたい。

端緒とするのは、中下巻において、天皇の支配統治するところを「天下」ということの問題である。「天下」は元来中国皇帝の支配する世界をいうものであった。「天子」と不可分で、「天子」とともにはじめて秩序あらしめられる世界が「天下」であり、すなわち、「天子」＝中国皇帝によって成りたつ世界なのであった。中華思想的世界観というべきものである。その「天下」をもって天皇の世界を称する。そこには、中国に対峙しうる独自なひとつの世界であるという、世界観的主張を内包することを認めるべきではないか。

上巻が「葦原中国」という神話的世界を構築し、それが中下巻の「天下」につながる、『古事記』の、世界としての骨格の意義はこの世界観という点を軸として問いうることとなろう。みずから独自なひとつの世界であるという世界観を、まさにイデオロギー的に成りたたせるしくみというべきだと考える。

すなわち、「葦原中国」を価値ある中心世界としてあらしめることに上巻の帰着するところを認め、その「葦原中国」につながることによって「天下」は「天下」たりうることを見るべきなのである。上巻に保障されて中下巻は「天下」について語るのだが、中巻は、朝鮮を藩国として含む「天下」の構造の成りたちを語り、下巻は、その「天下」の正統なる継承を語る。かく「天下」を歴史的に定位して、中国王朝にあい対しうる独自なひとつの世界であるものとしてみずからを主張する。この現実の世界をそのように保障しようとするのであって、まさしく世界観なのである。

このような視点から『古事記』の全体を捉えていきたいと考える。『古事記の世界観』と題する所以である。

一九八六年三月

神野志隆光

目次

凡例

一、『古事記』の引用は、西宮一民校注『古事記』(日本古典集成、新潮社)による。引用のあとの( )内にそのページ数を示す。

二、『日本書紀』の引用は、日本古典文学大系(岩波書店)本により、( )内にそのページ数を示す。

第一章「天　下」
——世界観という視点から——

1 世界観という視点

『古事記』を、部分的にとり出してあれこれ論議するのでなく、ひとつの全体として捉えようとするとき、世界観という視点がどうしても必要になるのではないか。そのことを「天下」ということばの問題からたしかめて始めたい。

『古事記』において、「天下」は、中・下巻で天皇の統治するところをいう。上巻には基本的には用いられない（用例は一例あるがこの点後述）。中巻の冒頭、カムヤマトイハレビコ（神武）は、

いづくに坐さば、天の下の政《まつりごと》を平らけく聞こしめさむ。なほ、東に行かむと思ふ。（一〇八）

といい、東に向かう。そして東征は、

かれ、かく荒ぶる神等を言向け平和《やは》し、伏《まつろ》はぬ人等を退《そ》け撥《はら》ひて、畝火の白檮原《かしはら》の宮に坐して、天の下治めたまひき。（一一九）

と、はじめのことばと相応じて落着するのである。

いうまでもなくカムヤマトイハレビコは、「葦原中国」に降ってきた天神の血統をうけるものであり、「天つ神の御子」と呼ばれる（「神武記」にのべ十二例）。しかし、いまその統治するところは「天の下」（原文「天下」）というのであり、以下それで一貫する。そこに上巻と中・下巻との間を際立たせているのだが、そのことの意味は、「天下」ということば自体にこだわるところで問わねばならぬ。

「天下」をアメノシタと訓むべきことは問題ない。しかし、アメノシタということばや観念がさきにあって、それが「天下」という漢語と結びついたとは認められないであろう。はやく宣長が、

本漢籍《カラブミ》より出たる称にて、神代よりの古言にはあらじか、

といったように（『古事記伝』）、漢語「天下」の受容によってアメノシタということばが生まれた、いわゆる訓読語と見るべきであろう。アメノシタは、天《てん》の下《した》という意味になるはずのことばだが、そうした一般的な意味での用例はなく、特殊な政治性、イデオロギー性を帯びて用いられるものしかないのである。『古事記』でいえば、「治天下」というかたちで用いるのが一般的であり（「天下」九十例のうち七十七例）、天皇のもとになりたつ世界という思想性を明らかに刻印されている。それは『古事記』以外の用例でも同様である（問題となる『出雲国風土記』『日本書紀』の用例については後述）。つまり、アメとシタとの結合した日本語としてありえたアメノシタではなく、漢語「天下」を

受容するときに生じた新しいことば・観念であり、逆にいえば、そうしたいわゆる訓読語としてのアメノシタの創出とともに「天下」の観念乃至思想をうけ入れたのだと見るべきではあるまいか。そのような「天下」＝アメノシタをどのようにして捉えるべきか。

遠山一郎「アメノシタの成立」（『国語国文』昭和五七年七月）が、

各地の統一政権への動きが小地域意識を弱める下地を準備し、このうえに立ってヤマト朝廷が全国意識を育て、アメノシタという語の内容を形成したという過程

を見るべきだというのは誤まっていないと思う。「天下」は包括的概念であり、遠山氏のいうように、（ヤマト朝廷による）この統一国家形態が、中国語「天下」の内容に類似した側面を備えているのである。

という条件があってはじめて成立しえたと見なければなるまい。「天下」をうけ入れうるような日本の側の国家的状況と意識とを見落してはならないであろう。

しかし、それは条件ではあるが、状況にすぎないのであり、「天下」＝アメノシタの成立にとって本質的な問題を捉えるには至っていない。いわれるような「全国意識」があったとして、これを「天下」という漢語を媒介としてあらわすということの意味が問われねばなるまい。それはただ借用したというようなものでなく、意識的な選択だったはずであり、思想的イデオロギー的な志向を見ることにおいてはじめて正当に捉えうるはずのものだと私は考える。

漢語としての「天下」は、中国王朝の世界観として、特殊な思想性を帯びるものだからである。

「天子は民の父母と作り、以て天下の王となる」（『書経』）といい、「天下に必ず天子有るは、之れを一にする所以なり」（『呂氏春秋』）といい、また、「夫れ天下の乱るる所以の者を明かにするに、政長無きに生ず。是の故に天下の賢可なる者を選択して、立てて以て天子と為す」（『墨子』）という。「天下」は天子と不可分であり、天子に帰することによって秩序ある世界なのである。その天子とは中国皇帝以外にありえない。

「天下」的世界観というべきものだが、端的にいえば中華思想的世界観に外ならぬ。すなわち、

中国王朝は「天下」の中心であり、その皇帝の徳は「天下」のすべてに行きわたるべきものである、という世界観（中略）そしてこの場合の「天下」とは全世界の意味にほかならなかったのである。

と、西嶋定生『日本歴史の国際環境』のいうとおりである。すぐれてイデオロギー的な「天下」を見なければならないのであるが、注目すべきなのは、そうした「天下」思想——世界観を是認することが、古代において中国王朝に遣使朝貢することの前提であったということである。西嶋氏の指摘するところだが、倭王武の上表文とともにこのことを見ておかねばならぬ。周知のように、宋の順帝の昇明二年（四七八）、倭王武が遣使上表したその文は、

封国偏遠、作藩于外、自昔祖禰、躬擐甲冑、跋渉山川、不遑寧処、東征毛人、五十五国、西服衆

夷、六十六国、渡平海北、九十五国、

と書きおこされる（『宋書倭国伝』）。その文意は西嶋氏の説くように、

中国王朝――具体的には宋王朝――を天極、すなわち天下の中心とみなし、倭王はその天下の辺隅において中国王朝のために夷狄を防禦する外藩であって、それゆえ天下の主宰者である中国皇帝のために努力して、その結果、皇帝の版図を拡大することができたという功績を誇示するものである。（『日本歴史の国際環境』）

と見るべきであり、「中国王朝を中心とする天下の一部分にすぎない」（同書）という自己認識にたっているというべきである。

そうしたものであるからこそ、「天下」を自国領域に対して用いることが、どのようなイデオロギー的獲得――転換においてありえたかを問い忘れてならぬであろう。

西嶋氏に従って、それは、元来の、すなわち中国的な、「天下」からの離脱と見るべきであり、世界観の転換といってよいものをふくんでいるというべきでもあろう。みずからをひとつの独自な世界として主張するのである。「小世界的天下思想」（西嶋氏前掲書）とは、まさしくこれをいいあてているといえよう。世界観といってもよい。そうした新しい、きわめてイデオロギー的な獲得として、「天下」＝アメノシタを把握する必要がある。

それはすでに五世紀の段階から形づくられつつあったと認められる。金石文資料にその明証をもと

める。稲荷山古墳鉄剣銘に、

獲加多支鹵大王寺在斯鬼宮時吾左治天下令作此百練利刀

という。「寺」を『説文』に「寺、廷也」とするのに従って朝廷（官府）の意ととるか（たとえば、岸俊男『遺跡・遺物と古代史学』の諸稿）、「寺」は「侍」の省字で「寺在」と熟するものと見るか（小島憲之「文字の揺れ」『文学』昭和五四年五月など）で文脈の理解はやや異なるものとなるが、ワカタケルが「天下」の統治者であると示すという点は動かない。また、判読困難でやや不安をのこすが、江田船山古墳出土太刀銘にも、

治天下獲□□□鹵大王

とある。この大王をワカタケル（雄略）とするかどうかはなお問題の余地があるとしても、大王について「治天下」というのは動かない。自国の領域を「天下」と称しその主宰者たる「大王」と自ら称することが行なわれていたのである。稲荷山古墳鉄剣銘には「辛亥年七月中記」とあり、その「辛亥年」は四七一年に比定される（斎藤忠『古代朝鮮・日本金石文資料集成』などの五三一年比定説があるが、その場合でも問題の見通しは大きく異なることにはならない）。江田船山古墳の年代は五世紀末から六世紀初とされる。五世紀の段階（おそくとも六世紀の前半）にはすでに形成されつつあった独自な「天下」思想（世界観）と認める所以である。

このような中国的「天下」からの離脱の思想ないしイデオロギーを、西嶋氏前掲書は、倭王武の遺

使上表以後六世紀末まで日本と中国王朝との正式国交の中絶した理由ととらえつつ、その国交空白のなかで「倭国の領域を「天下」とする小世界的天下思想は定着していく」ことを見るべきだとするが、首肯されよう。

かくて中国大帝国（「天下」）の一部におわらずみずからひとつの世界であろうとすることは、みずからもまた「帝国」であろうとして、自前の律令国家を志向する。それは石母田正『日本古代国家論第一部』に従って「小帝国」（中国大帝国のミニチュア版）と称するのがふさわしいであろう。八世紀にいたって「小帝国」イデオロギーとして定着・確立したのだと、五世紀以来の独自な世界観としての「天下」思想の展開をながめながら、『古事記』はまさにその定着と確立の位置に立つものとして見定められるべきであろう。

天孫の降臨したのは「葦原中国」だが、神武以後の天皇の世界としては「天下」と呼びなおしていく（「葦原中国」が「天下」とそのまま重なるわけではない。参照、第九章）ことの意味はここで捉えていくべきだろう。「葦原中国」（上巻）――「天下」（中・下巻）をもって、『古事記』全体としてのひとつの世界を成りたたせるのであるが、それは、現実の世界につながるところを語り、現実を「天下」たりうるものとして保障しようとしているというべきではないか。端的にいえば、世界観の問題なのであり、『古事記』という全体をそうした視点で捉えることが必要だと考える。

のべてきたような視点からすすめたいが、その前に、天皇の世界をいうのではない「天下」の用例、すなわち、⑴『古事記』上巻、⑵『日本書紀』「神代」、⑶『出雲国風土記』の、神話的な「天下」というべきものについてどう見るかがやはり問われよう。

2　神話的な「天下」

まず、⑶の場合から取りあげて見たい。

『出雲国風土記』において、オホナムヂの神を「天の下造らしし大神（の命）」というのはひとつの定型句というべく、このかたちで二十九例（「天の下造らしし大穴持の命」をふくめて）、これに照応したもの（「天の下造らしし大神、大穴持命と須久奈比古命と、天の下を巡り行でましし時」とあるもの――飯石郡田禰の郷）一例と、あわせて三十例に及ぶ「天下」が、オホナムヂに関してあらわれる。天皇の統治する領域を、みずからひとつの独自な世界であらんとする主張をこめて「天下」と呼ぶのとそれはどうかかわるか。

遠山一郎「アメノシタの用法」（『万葉』一一三）はこれを、

出雲の地方的伝承だけが、大穴持の統治領域をアメノシタと呼んでいたのではないか。

として、「大穴持のもとの伝承」からもちこされたものだと、位置づける。遠山氏の発言は用例の現象的整理による帰結だが、門脇禎二氏は、地域国家論、すなわち、ある段階（四〜六世紀）では幾つかの地域国家（ヤマト国家もそのひとつ）が併立し、それらの交渉・競合の結果として統一国家が形成されるという、地域ごとの相対的独立性をもった歴史発展の捉え方（参照、門脇「古代社会論」『岩波講座日本歴史２』）にたって、

天下国家の観念は、単一的にヤマト朝廷だけで受け止めたのか、あるいはまた、別の地域のいくつかでも受け止めた可能性もあるのではなかろうか。

と示唆する（『大化改新と東アジア』）。出雲の地域国家においても、独自な「天下」の世界観がありえたのではないかという提起である。

しかし、私は、石母田正「日本神話と歴史」（『日本古代国家論　第二部』）が、「所造天下」という観念は、出雲というせまい族長国家の内部から発生し得るものでなく、記紀神話を媒介として出雲人のなかにはいってきたものと解すべきである。

とした視点のほうにつきたい。オホナムヂについて「天の下造らしし」というのは『古事記』の「国」作りをうけたものと見るべきだと考えるからである。

オホナムヂは「国」作りの神であった。元来そのような神話をになっていたと見てよいと十分認められる（石母田氏前掲論文）。

大穴道少御神の作らしし妹勢の山を見らしくよしも

という人麻呂歌集中の一首（『万葉集』巻七、一二四七歌）のごときを想起してもよい。ただその「国」作りが『古事記』において「葦原中国」全体に及ぶ――イザナキ・イザナミの作りおえられなかった（三七）のをひきついで、オホナムヂ＝オホクニヌシがネノカタス国で得た生太刀・生弓矢をもって「始めて国を作りたまひき」（六五）といい、スクナビコナと「この国を作り堅めたまひき」（七四）という――のは、石母田氏の説くように、

大国主が地方的な「国」の国作りの神から、葦原中国全体の国作りの神に変ったのは、記紀神話自体の構成から要請された結果

と見るべきであろう（前掲論文）。但し、石母田氏が「記紀神話」というのは、より明確に『古事記』のもとめたところというほうが正しいであろう。『日本書紀』本文は、スサノヲが天に昇るというのをイザナキが許した後に、

是の後に、伊奘諾尊《いざなきのみこと》、神功《かむこと》既に畢へたまひて、霊運当遷《あつしれ》たまふ。是を以て、幽宮《かくれみや》を淡路の洲《くに》に構《つく》りて、寂然《しづか》に長く隠れましき。（第六段、一〇二〜一〇三）

という。「国」作りはそこでおわったのであり、スサノヲのネノ国行きをのべて直ちに天孫降臨となる（オホナムヂの「国」作りを伝えるのは一書の第五のみ）。記紀というより『古事記』の達成というべきことはそこに明らかであろう。

『古事記』においてはたされた、この新しい質の国作りへの拡大をうけて、「天の下造らしし」とい

うオホナムヂの位置づけはなされたというべきであろう。そのつくった「国」を「天下」として位置づけることになるのであるから、オホナムヂは「天下」を造った（決して治めたとはしないことは注意されてよい）ということになる。そうしたいわば捉えなおしとしてありえた「天の下造らしし」というオホナムヂについての表現と見るべきだと考える。「出雲人のなかにはいってきたもの」（石母田氏前掲論文）とも認めがたい。ただし、それは『風土記』による捉えなおしであり、『古事記』がオホナムヂにかかわる神話的世界を「天下」としなかったのとは異なる。

次に、(1)は、スクナビコナの名を顕わしたクエビコについて、

この神は、足は行かねども、ことごと天の下の事を知れる神ぞ。（七五）

という用例である。遠山氏は、「クエビコは、この大国主に服属しているのであるから、（中略）大国主の支配領域」のことだといい（前掲「アメノシタの成立」）、「大国主・大己貴のもとの伝承の用語が痕跡をとどめたもの」と想定する（前掲「アメノシタの用法」）のであるが、これは、中・下巻の「天下」とは異なるものとして区別しておくべきであり、「もとの伝承の用語」などを想定すべきものではないのではないか。

「大国主の支配領域」（遠山氏）などでなく、広く〈アメ〉＝「高天原」の下の世界全体に及ぶものとしての「天の下」と見るべきだと私は考える。スクナビコナを知ることは「葦原中国」のことを知るのみでは不可能なのである。「天の下」に亘って知るところで答えうることをここに見るべきであり、

この「天」は、神話的世界としての〈アメ〉として、それに対する世界を包括的に「天〈アメ〉の下」と呼んだのだとおさえるべきであろう。ただし、『古事記』としては異例といわねばならぬ。

さいごに、⑵の『日本書紀』の場合、『古事記』とは異なる神話的世界の全体像において捉えねばなるまい。「神代紀」において六例の「天下」（これに準ずる「宇宙」「寓」各一例）が、神話的世界をあらわすのに用いられる。

既にして伊奘諾尊・伊奘冉尊《いざなみのみこと》、共に議《はか》りて曰《のたま》はく、「吾已に大八洲国《おほやしまのくに》及び山川草木を生めり。何《いかに》ぞ天下《あめのした》の主《きみたるもの》者を生まざらむ」（第五段本文、八六）

の如きである。遠山氏前掲「アメノシタの用法」は、たとえば右の例を「完全にスサノヲの統治領域であるとは言えないものの、この神との結びつきがもっとも強い」とする（そして、「神代紀」の用例も「出雲地方を中心とする伝承から」とり入れられたという見解に帰着する）のだが、やはり無理な解釈ではなかろうか。第五段本文は、ひきつづいて、日神月神を生んでこれを「天」に送ったという。『日本書紀』において「高天原」という神話的世界は認めがたい（中村啓信「高天の原について」『倉野憲司先生古稀記念　上代文学論集』）。「天」ないし「天上」として設定された世界があるのだが、これに対して「天下」というのである。「神代紀」上巻では、「天」―「天下」というかたちで一貫する神話的世界の設定と認められるのである（参照、第二章）。「高天原」のみならず、「葦原中国」という世界も「神代紀」上巻には認めがたいのであり（『日本書紀』の「葦原中国」については、参照、第八章)、そうした『日本書紀』の神話的世界の全体像において、この「天下」の問題を見定めるべきであろう(参照、第二、八章)。遠山氏は、そうした『日本書紀』としての神話的世界像を正しく見ていないといわねばならぬ。

『日本書紀』の場合、この神話的世界としての「天下」と、天皇の統治領域としての「天下」とをつなぐのであって、『古事記』が「神代」に「天下」をもちこまないかたちで構築したのとは異なるというべきなのだ。

以上、それぞれの場合に即して見るべきなのであるが、ただ、元来神話的なものではなかったはずだという基本線はおさえておくべきであろう。「天下」の世界観は、中国のそれを媒介した、すぐれて政治的な創出だと捉えるのが正当であろう。相応じた「天」の理念や思想の成熟・展開をもつものではなかったというべきではないか。

「天」の理念については、吉井巌「古事記における神話の統合とその理念」(『天皇の系譜と神話』一)が、アメを和風諡号にもつ天皇たちや、『隋書倭国伝』に「倭王姓阿毎、字多利思比孤、号阿輩雞弥」とあるのを関連づけつつ、その導入の早いきざしとして推古朝、ないし、皇極・孝徳朝の時代の意義を示唆しているが、時期的には、独自な「天下」の世界観の定着のほうが先行すると認めてよいであろう。端的にいえば、そうした「天下」がむしろ撥条となって「天」の理念にむかわせたのではないか。

「天下」から「天」へ、そしてその「天」が神話的に発展せしめられるとき、特に『日本書紀』に見るように、「天下」もまた神話的に「天」と対応させられることがありえたと想定することも許されよう。

大事なのは、『古事記』が、一例の例外はあるが、神話的世界と「天下」とは区別して、神話的世界としての「葦原中国」―天皇の世界としての「天下」、をもって、全体としてひとつの世界を構築しようとしているのを見外さないことであろう。

3 「天下」を保障する「葦原中国」

さて、「葦原中国」―「天下」をもって全体としてひとつの世界を成りたたせることを、世界観の問題として見るべきだとのべたが、それは、みずから独自なひとつの世界であるという主張（「天下」の世界観）をいかにささえるかということに帰着すると私は考える。『古事記』にとってそれは本質的な問題であった。

中国を中心とする古代東アジア世界のなかにあって、みずからの独自な歴史を語り主張しようとするとき無条件にはじめることはできない。歴史の舞台となるものを世界としていかに保障するかが問題となる。

『古事記』に即していえば、「葦原中国」―「天下」という世界のうえに、『古事記』の歴史ははじめて意味あるものとして成りたっているのである。神話的世界としての「葦原中国」が、「天下」と、現実世界につながるところを呼ぶことを保障する。一言で要するに、世界としての保障である。そのうえでそのみずからの「天下」の「歴史」を語りうるのである。

その「葦原中国」―「天下」を、いかに具体的に定位するかが『古事記』の基本問題なのだと考える。

それは、「歴史」のかたちをとりながら、「天下」と呼びうるこの現実の世界の成りたちうる所以を示すのだといえよう。さきどりしていうことになるが、「葦原中国」をもって世界の根源を、それが「天下」を保障するものとして示し（上巻）、その保障をうけて、現実の世界につながるものとしての、「天下」の構造とその「歴史」を語る（中・下巻）と、見通すことができる。それがこの世界の「天下」たりうることを保障する。つまり、それによってこの現実がひとつの独自な世界として主張できるものでありうる。まさに、世界観の問題なのである。

そうした『古事記』のはたしたところにおいて、「小帝国」的世界観はきわめて完成度の高いかたちで確立しているというべきであろう。五世紀以来の「天下」の世界観がここで完成されたのだといってよいのではなかろうか。

右のような視点にたって、世界の根源として「葦原中国」が神話的にいかに構築されるかという、神話的世界の考察からすすめたい。

第二章　ムスヒのコスモロジー
――『古事記』の世界像――

1　始発における記紀の差

『古事記』の神話的世界の考察にはいるにあたって、その立場を確認するという意味をこめて基本的な見通しを試みておきたいと思う。一口に記紀といい、また記紀神話ともいうように、『古事記』と『日本書紀』とを比較対照しつつ論ずることが一般化した方法となっている。特に神話に関しては、『日本書紀』の異伝（一書）をふくめて成立・展開を見るのは常道といってよい。たしかに、比較対照しうる話を記紀はそれぞれもっている。しかし、それは部分と部分の問題であって、全体としては『古事記』『日本書紀』それぞれの論理によって成りたつのであり、その論理は本質的に異なるものがあると認められる。神話的部分でいえば、相似た話が連なり、プロットの枠としても似ているようではあるが、基本的には全体を貫く糸は全く異質だといわねばならぬ。記紀神話といういい方にはその点に対する認識があいまいにされているところがありはしないか。記紀を雑炊的に論ずるのであってはなるまい。その立場を明確にするために、いま、記紀「神代」の、それぞれを貫く基本的な論理の差を世界像という点でみておきたい。その差のなかで、『古事記』「神代」が、いかにみずからを独自に成りたたしめているかを見届けよう。

じつのところ、すでに始発において記紀の違いは決定的なのである。

『古事記』「神代」冒頭は次のとおりである。

天地初めて発《おこ》りし時に、高天《たかあま》の原《はら》に成りませる神の名は、天之《あめの》御《み》中主《なかぬし》の神。次に、高御産巣日《たかみむすひ》の神。次に、神産巣日《かむむすひ》の神。この三柱の神は、みな独神《ひとりがみ》と成りまして、身を隠したまひき。次に、国稚《わか》く、浮ける脂のごとくして、くらげなすただよへる時に、葦牙《あしかび》のごとく萌《も》え騰《あが》る物によりて成りませる神の名は、宇摩志阿斯訶備比古遅《うましあしかびひこぢ》の神。次に、天之常立《あめのとこたち》の神。この二柱の神も、みな独神と成りまして、身を隠したまひき。

上の五柱の神は、別天《ことあま》つ神ぞ。

次に、成りませる神の名は、国之常立《くにのとこたち》の神。次に、豊雲野《とよくもの》の神。この二柱の神も、独神と成りまして、身を隠したまひき。次に、成りませる神の名は、宇比地邇《うひぢに》の神。次に、妹須比智邇《すひちに》の神。次に、角杙《つのぐひ》の神。次に、妹活杙《いくぐひ》の神。次に、意富斗能地《おほとのぢ》の神。次に、妹大斗乃弁《おほとのべ》の神。次に、於《お》母陀流《もだる》の神。次に、妹阿夜訶志古泥《あやかしこね》の神。次に、伊耶那岐《いざなき》の神。次に、妹伊耶那美《いざなみ》の神。

上の件の国之常立の神より下、伊耶那美の神より前を、并せて神世《かみよ》七代《ななよ》といふ。（二六～二七）

『日本書紀』「神代上」は次のようにはじまる。

古《いにしへ》に天地《あめつち》未だ剖《わか》れず、陰陽《めを》分れざりしとき、渾沌《まろか》れたること鶏子《とりのこ》の如くして、溟涬《ほのか》にして牙《きざし》を含《ふふ》めり。其れ清陽《すみあきらか》なるものは、薄靡《たなび》きて天と為り、重濁《おもくにご》れるものは、淹滞《つつ》ゐて地《つち》と為るに及びて、精妙《くわしくたへ》なるが合へるは摶《むらが》り易く、重濁れるが凝りたるは竭《かたま》り難し。故《かれ》、天先づ成りて地後に定る。然して後に、神聖《かみ》、その中に生《あ》れます。故曰はく、開闢《あめつちひら》くる初に、洲壌《くにつち》の浮《うか》れ漂へること、譬へば遊魚《あそぶいを》の水上《みずのうへ》に浮けるが猶《ごと》し。時に、天地の中に一物《ひとつのものな》生れり。状葦牙《かたちあしかび》の如し。便《すなは》ち神《かみ》と化為《な》る。国常立尊《くにのとこたちのみこと》と号《まう》す。次に国狭槌尊《くにのさつちのみこと》。次に豊斟渟尊《とよくむぬのみこと》。凡《すべ》て三《みはしら》の神ます。乾道《あめのみち》独化《ひとりな》す。所以《このゆゑ》に、此の純男《をとこのかぎり》を成せり。次に神有《ま》す。埿《う》土煮尊《ひぢにのみこと》・沙《す》土煮尊《ひぢにのみこと》。次に神有す。大戸《おほと》之《の》道尊《ぢのみこと》・大苫辺尊《おほとまべのみこと》。次に神有す。面足尊《おもたるのみこと》・惶根尊《かしこねのみこと》。次に神有す。伊奘諾尊《いざなきのみこと》・伊奘冉尊《いざなみのみこと》。凡て八《やはしら》の神ます。乾坤《あめつち》の道、相参《あひまじ》りて化《な》る。所以に、此の男女《をとこをみな》を成す。国常立尊より、伊奘諾尊・伊奘冉尊に迄《いた》るまで、是を神世七代《かみのよななよ》と謂ふ。（第一段〜第三段本文、七七〜七九）

『日本書紀』は、本文をつなぐかたちで示した（この点後述）が、こうして記紀の始発を見合わせてすでに問題は露わだといえる。すなわち、『古事記』は天地のはじまり自体については説かないが、一方の『日本書紀』は天地のはじまりからのべるのである。

『古事記』は「天地初めて発りし時に」とはじまるが、それは「たゞ先《ツ》此《ノ》世の初《ハジメ》を、おほかたに云る文《コトバ》」（『古事記伝』）であり、天地がはじまった時に、というのであって、どのようにしてはじまったかをいうものではない（宣長自身はこのようには考えていなかった。参照、本章補説）。天地のはじまったこと、「高天原」という世界のあることとは無条件の前提として『古事記』は始発する。これに対して『日本書紀』は、「天」と「地」とがいかにはじまるかということそのものからのべていこうとする。

「創世神話」といわれるがそれにふさわしいのは『日本書紀』のほうであって『古事記』ではないというべきだろう。

なお、付言しておく必要がある。『古事記』序文の問題である。序文の書き出しには、

夫、混元既凝、気象未効。無名無為。誰知其形。然、乾坤初分、参神作造化之首、陰陽斯開、二霊為群品之祖。

とある。さきの『古事記』本文と対応する部分を抜き出したが、この書き出し、「夫、混元既凝……乾坤初分」を、「天地初めて発りし時に」とそのまま照応するものとするわけにはいかない。序文は、「創世」そのものをのべるといってよい。いかなるところから天地がはじまったかをのべるのであって、天地のはじまったところから語る『古事記』自体とは異質だといわねばならぬ。「乾坤初分」と「天地初発」とが表現上似通うところがあるからといって照応させることはできない。

2　ムスヒのコスモロジー

この天地のはじまりについての差を明確におさえたうえで、その始発の部分には展開のしかた――展開の論理において、より根本的な相違が明らかであることを見ていきたいが、『古事記』の冒頭部が、アメノミナカヌシ、タカミムスヒ、カムムスヒの三神をはじめにすえることに注目したい。そこには、ムスヒのエネルギーを全ての根源とするものとして「神代」全体の展開を見通すというべき意識がひそめられている。

アメノミナカヌシは「天真中《アメノマナカ》に坐々て、世中《ノ》の宇斯《ウシ》たる神と申す意の御名」（『古事記伝』）、タカミムスヒ、カムムスヒはムスヒを名義の核とし、タカミ、カムは称辞だが、そのムスヒは『日本書紀』に「産霊」と書く（第一段一書の四）ごとく「凡て物を生成《ナ》すことの霊異《クシビ》なる神霊《ミタマ》」（『古事記伝』）をいうと認められる。ムスヒ二神は全ての開始をになう生成力そのものとしてたちあらわれるというべきだろう。

「身を隠したまひき」といいながら、ムスヒの二神にかぎっては、あとになって具体的にくり返しあらわれてくる。それは、冒頭と相応じて意味をもつと見るべきであろう。つまり、ムスヒの神のくり返される浮上は、すべてはそのムスヒの神の動くことによって成されていくことの証跡なのであり、それをもって「神代」を見通していくということではないか。宣長の次の発言は本質をほぼいいあてているであろう。

さて世間《ヨノナカ》に有リとあることは、此ノ天地を始めて、万ッの物も事業《コト》も悉《コトゴト》に皆、此ノ二柱の産巣日《ムスビ》ノ大御神の産霊《ムスビ》に資《ヨリ》て成リ出るものなり、いで其事の、顕《アラハ》れて物に見えたる跡を以て、一つ二ついはゞ、まづ伊邪那岐ノ神伊邪那美ノ神の、国土《クニツチ》万ノ物をも、神等《タチ》をも生成《ウミナシ》賜へる其初メは、天ッ神の詔命《オホミコト》に由《ヨ》れる、其ノ天ッ神と申すは、此《コヽ》に見えたる五柱の神たちなり、又天照大御神の、天ノ石屋に刺隠《サシコモリ》坐シし時も、御孫《ミマ》ノ命の天降坐むとするによりて、此国平《ムケ》つべき神を遣《ツカハ》す時も、其事思《オモヒ》慮《ハカリ》給ひし思金ノ神は、此ノ神の御子なり、又此ノ国を造《ツクリ》固《カタ》め給ひし少名毘古那ノ神も、此ノ神の御子なり、又忍穂耳ノ命の御合《ミアヒ》坐て、御孫命《ミマノ》を生奉《ウミ》リ給ひし豊秋津師比売ノ命も、此ノ神の御女なり、又此ノ国の荒《アラ》ぶる神等を言向《コトムケ》しも、御孫ノ命の天降坐シしも、皆此ノ神の詔命《オホミコト》に由《ヨ》れり、大かた是レらを以て、世に諸の物類《モノ》も事業《コト》も成《ナ》るは、みな此ノ神の産霊《ムスビ》の御徳《ミメグミ》なることを考へ知べし、

この『古事記伝』の言及は、タカミムスヒに偏ってはいるが、全ての根源たるムスヒのエネルギーというべきものを本質的におさえている（なお、宣長の全体的な見地については、参照、本章補説）。

アメノミナカヌシについていえば、アメの統括者として、「高天原」の根源であり、これを頂点に戴くことによってムスヒの神も働きうる。作用するのはムスヒのエネルギーだが、それはアメノミナカヌシをまって開始するのだというべきであろう。

さきの宣長の言はタカミムスヒに専ら偏っていて、カムムスヒについてはスクナビコナがこの神の子であるという点にふれるだけだが、他に、スサノヲの殺したオホゲツヒの体に成った五穀をとって種としたこと（五三）、オホナムヂの母の請をうけてオホナムヂ復活のためにウムカヒヒメ・キサカヒヒメを遣したこと（六一）も見落すことができない。そして、両者を全体として視野に収めるとき、（注）「その霊能の発揮される方面に於て、その相系はる衆族の種類に於て、可なり截然たる分化の相を示してゐる」（松村武雄『日本神話の研究』第二巻）。すなわち、タカミムスヒは「高天原」に一貫して係わり、カムムスヒは一貫して「葦原中国」の側に働いていく。分化して働きながら、あわせて「神代」全体を貫き、その展開を実現する、初発のエネルギーの浸透と捉えるべきであろう。

ムスヒの生成のエネルギーを根源として見通す論理ということができるが、その全体的論理をおさえたうえで、いま、世界像に焦点をあわせてあえてムスヒのコスモロジーと呼びたい。

いまの問題として、天地のはじまりにおけるこのムスヒのエネルギーの開展として、「国」はつくりなされていくことを、世界のなりたちにかかわるものという点で、ひとつのコスモロジーと捉えたいのである。

「天地初めて発りし時に」、「高天原」という「天」の世界はすでにある。一方、「地」の側に世界としての「国」はまだ確立していない。「国」という体をなしていないのである。それが「国」となっていくところ、ムスヒのエネルギーに貫かれるものに外ならない。

具体的にいおう。『古事記』冒頭部は神名をならべるだけのような叙述であり、神名を主たる手がかりとせねばならぬが、ただ、そこには文脈規制ないし文脈指示が幾重にも重なっていることを見おとすわけにはいかない。

図式化してみよう。

天地初めて発りし時に
　アメノミナカヌシ
　タカミムスヒ
　カムムスヒ
国稚く——ただよへる時に
　ウマシアシカビヒコヂ
　アメノトコタチ
（以上　別天つ神）
　クニノトコタチ
　トヨクモノ
（アメノミナカヌシ～トヨクモノ　独神隠身）
　ウヒヂニ
　スヒチニ

神世七代

双神

ツノグヒ・イクグヒ

オホトノヂ・オホトノベ

オモダル・アヤカシコネ

イザナキ・イザナミ

これに従って読まねばならぬ。特に、トコタチの名は共通しながら、アメノトコタチとクニノトコタチとの間には大きな区分のあることに留意する必要がある。トコタチのトコについては、「常」の字義によって恒久・恒常を意味するという説も有力だが、そうした「常」が動詞を修飾する例が上代語には見られず（井手至「『古事記』冒頭対偶神の性格」『論集日本文学・日本語Ⅰ　上代』）、具体的な床、すなわち土台と見るべきだろう（大野晋「記紀の創世神話の構成」『仮名遣と上代語』）。トコタチは土台の出現を意味する。アメとクニとにかかわる土台の出現なのであるが、いずれも「高天原」に属する。イザナキ・イザナミは「天降」るのだから「神代七代」まで全体が「高天原」の展開なのである。そして、イザナキ・イザナミは「このただよへる国を修理め固め成せ」（二七）と命ぜられるのであって、クニノトコタチを大地の出現ととるわけにはいかない。アメノトコタチは「天」の土台、つまり、それによって「高天原」における展開の場が確立されるのであり、その場があってムスヒのエネルギーの開展が具体化されうるのである。萌えあがる生命力そのものとしてのウマシアシカビヒコヂがこれを保証している。そしてここまで「国」にかかわらない「天」そのものの神として「別天つ神」なのである。

クニノトコタチ以下は、その「天」の土台のうえにありえた、「国」への動きというべきであろう。クニノトコタチは、「国」の土台、具体的には、「国」をつくる神としてのイザナキ・イザナミ二神が出現するための土台と考えられる。その土台のうえにクモノ（クモは生気、ノはそのクモのおおう野）という、いわば二次的土台が成り、そこで「双《たぐ》へる神」が出現する。「双へる」とはイザナキ・イザナミにそのままつながっていくことをあらわしている。「隠身」でなく顕現する神という異なる次元はその点でおさえるべきだろう。その十神は金井清一「神世七代の系譜について」（『古典と現代』四九）の説いたように、一貫した身体形成の過程を示すと認められる。

ウヒヂニ・スヒチニは「神の原質」、ツノグヒ・イクグヒは「神の最初の形」、オホトノヂ・オホトノベは「神の性的部位具有」、オモダル・アヤカシコネは「形態の完備を体と用の両面から言ったもの」とする金井説に従うべきだと考える。と同時に、宣長『古事記伝』も認めていたような大地的要

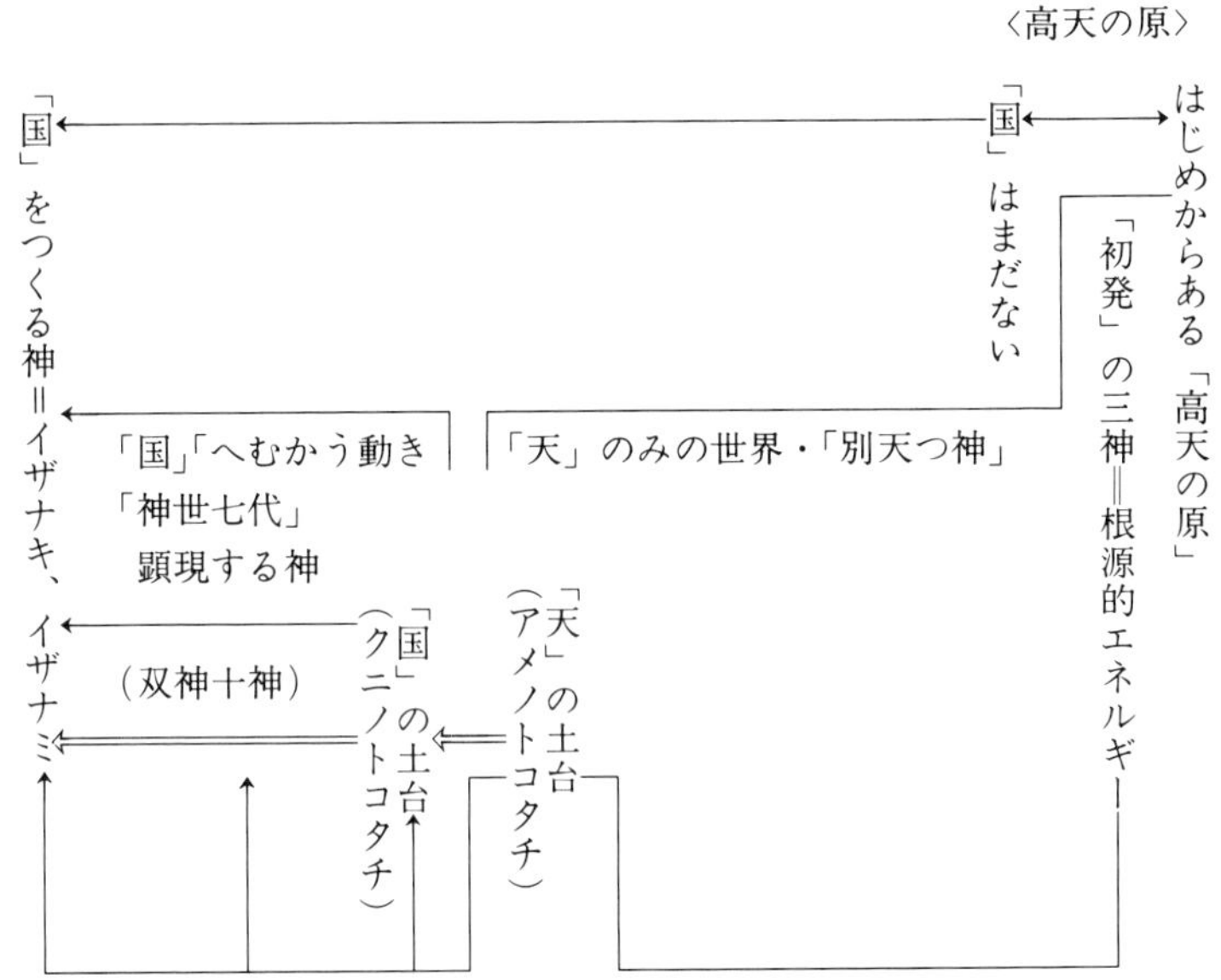

素もまた捨象しがたい。身体形成を語るものだとして、それが大地的要素につながることばでなされることの意義は見過せない。私はそれをイザナキ・イザナミの内性をあらわすものとして捉えたい。イザナキ・イザナミの名義は、諸注の説くように、誘うことの神格化であり、交わりへの誘いとして男女神としての動きがここで具体化するのである。神名自体に「国」をつくるということは明示されない。だが、そのことは「双へる神」の展開がイザナキ・イザナミの内性をになうことによって示されると認めるべきではないか。

以上、「国」をつくる神、イザナキ・イザナミに帰着する展開は、「高天原」においてあった。ムスヒのエネルギーは、アメノトコタチをつうじてその全過程に供給されつづけるのだというべきであろう。

> のべたところをあらためて図式化してまとめれば前ページのようになる。こうしたかたちで、「高天原」を無条件の前提としながら「国」の世界のなりたちを語るところ、
>
> 「初発」のエネルギーを推進力として「世界」が噴射され、そのまま一方向的に無限進行してゆく姿である。(傍点原文)

と、丸山真男「歴史意識の「古層」」(日本の思想6『歴史思想集』)ののべたことを想起しながら、ムスヒのエネルギーのつむぎだすものとしてなりたたしめられるということができる。この世界像は、ムスヒのコスモロジーと呼ぶのがふさわしい。

『日本書紀』のコスモロジーが、これとは根本的に異なることを見届けて、『古事記』の問題としてはなおいっそう明確になろう。

3　陰陽のコスモロジー

『日本書紀』についてふれるには、『日本書紀』としての把握をどこでなしうるかという点で「一書」の問題を避けることができない。『古事記』がひとつづきの文章体であるのに対して、『日本書紀』「神代」は上巻で八、下巻で三、あわせて十一の段落に分けて、各段落ごとに本文を掲げそれに

対する「一書」を掲出する。『日本書紀』の把握はどうなされるべきかが、これに対する態度として問われるのである。

結論的にいえば、本文と「一書」を同列にならべて相対化するわけにはいかないというべきであり、さきにも第一〜三段の本文をつないで示したように、『日本書紀』「神代」の筋は本文によって貫かれるのだと見る。三品彰英『日本神話論』(『三品彰英論文集』第一巻)などの方法に典型的に認められるような、本文と「一書」との同列的相対化は、ある話の発展ないし展開という視点にとらわれてお りそこから出ないでおわる。そうした批判とともに、十一段の本文をつないで見ることによって全体として『日本書紀』「神代」のつくろうとしたものを捉えるべきだと考えるのである。

出雲路修「日本書紀・神話的世界の構造」(『国文学』昭和五九年九月)も、

『日本書紀』においては、いわゆる「本書」と「一書」とは同一レベルには、ない。いわゆる「本書」はそれ自体独立して存する。「日本書紀」の本文として、それは、ある。「一書」は、いわゆる「本書」を補足するものとして存する。(中略)『日本書紀』の巻一・二(中略)は、いわゆる「本書」のみで、おおむね、叙述は完結する。

という。

私も同じ立場にたつが、それは以下のような理由による。

第一に、「一書」の掲出のしかたは、小字双行が元来のかたちであること、諸本の状況から判断されるとおりだが、その形態のうえに、本文と「一書」とが決して同じ資格で待遇されるものではないことはすでに明らかである。「一書」はあくまで従なのである。

第二に、「一書」には省略があり、本文や先行の「一書」との重複をさけており、それ自体で独立した文章としての性格をもたない（この点、三宅和朗「神代紀の基礎的考察」『史学』四八巻二号に詳しい）。

第三に、太田善麿『古代日本文学思潮論（Ⅲ）――日本書紀の考察――』が示したように、第十段本文は、諸「一書」を組み合わせていわば総合化するかたちでできあがっているのだが、これも本文を、いうなれば「正伝」としてたてようとする態度と認められる。

しかし、十一段の本文をつないでできるもので、無条件に考えすすめていいというわけにはいかないのであって、ことはさほど単純ではない。

はやく宣長もこうのべている。

本書はしも、ことに一つの古書に、とほしてよられたるにはあらずして、あまたが中に、いさゝかにても、漢意《カラゴコロ》にちかく、ことよれるかぎりを、撰者の心もて、これかれをえりいで、とりあつめて、かきつゞけられたるものと見えて、はじめをはりとほらざる事どもあり、（『玉勝間』）

その「はじめをはりとほらざる事」の具体例として、タカミムスヒの例にふれ、

天地のはじめの段《クダリ》に、たゞ一書にのみ、そのはじめをば記されて、本書には、下巻に至りてはじ

めて、俄にふと御名を書出されて、皇祖とも記して皇孫《ノ》命を、葦原《ノ》中《ツ》国に天降し奉り給ふ事も、みな此神の詔命《ミコトノリ》し給へるは、これ又初《メ》と後と違へるごとし、

と、『日本書紀』「神代」上・下巻の間の問題に及ぶのは注目に値する。

太田善麿前掲書が、上巻ではスサノヲの子として示されるだけのオホナムヂが下巻では「葦原中国」の主神として登場するという問題をも、この他に指摘しながら、「神代紀上・下の不一貫性」として、

内容的に全体を通して見ても、上巻と下巻とが別個のまとまりとして扱われている（中略）上巻は上巻で一つの神話を構成し、下巻もまたそこに独自のものを立てているとも言えるのである。

と説いた問題がそこにある。

『日本書紀』「神代」把握の基本にかかわる問題といわねばならぬ。後にものべるように（参照、第八章）、「葦原中国」もこのことをふまえずに見ることはできないのである（この点、太田氏の示唆するところでもある）。

『日本書紀』「神代」の独自な問題としての上巻・下巻の独立性は、宣長や太田氏らの指摘したところ——タカミムスヒ、オホナムヂのありよう——に端的に認めねばなるまい。だが、大事なことは、そのことを含んだうえで、いかに『日本書紀』「神代」を全体として見るかということであろう。太田氏が、成立論的に、『日本書紀』「神代」上巻の支えとなったものとして「祝詞的なもの」=「神祇官

的なもの」、下巻の支えとなったものを「宣命的なもの」＝「太政官的なもの」と、「神代の構想について系列を異にする二つの求め方」で捉えるのは興ふかいが、その上巻・下巻でひとつの「神代」をなりたたしめているありようとして見なければならぬ。

上巻は上巻でまとまり、そのまとまりから下巻へは「とほらざる」ところがある。しかし、それで『日本書紀』「神代」としてなりたっているのである。そうしたなりたちかた、ないし、しくみとして『日本書紀』「神代」を認めるべきなのである。

『日本書紀』「神代」上巻には、「黄泉国」も、「根之堅州国」もない。本文を通じて見ればそれははっきりしている。第五段の「一書」（第六）に、「黄泉」に追っていった伝承があることで『日本書紀』「神代」としての把握を揺がせてはなるまい。

上巻に即していえば、「天」と「地」とにわかれた二つの世界が機軸であり（「高天原」もなく「葦原中国」もない）、イザナキ・イザナミはこの「天地」の世界を具体化し、確立する。すなわち、「開闢之初、洲壌浮漂」（第一段）であるのを、「産㆓生洲国㆒」（第四段）によって、「大八洲国」を生み、また、海・川・山・木・草を生んで（第五段）、ととのえるとともに、日神・月神を生んでこれを「天」（「天上」）に送るのである（第五段）。このようにして具体化されてきた「地」の側の世界を包括的にいえば「天下」となること、

既にして伊奘諾尊・伊奘冉尊、共に議りて曰はく、「吾已に大八洲国及び山川草木を生めり。何

ぞ天下《あめのした》の主者《きみたるもの》を生まざらむ」（第五段、八六）

とあることにおいて明示される。「天」（「天上」）と「天下」の世界として定立されるといえばよい。スサノヲは、

「汝《いまし》、甚だ無道《あづきな》し。以て宇宙《あめのした》に君臨《きみ》たるべからず。固《まこと》に当《まさ》に遠く根国《ねのくに》に適《い》ね」とのたまひて、遂に逐《やら》ひき。（第五段、八八）

と、その「天下」（「宇宙」）の秩序の外に放逐される。「根国」は「遠」を冠することでも了解されるように、秩序の外の果てなるところをいう。

この上巻の神話的世界と、下巻のそれとは、問題なくひとつづきにつづくようなものではない。「葦原中国」に即していえば、上巻においては、アメノイハヤトの件り（第七段）に、

吾、比《このごろ》石窟に閉《こも》り居り。謂《おも》ふに、当《まさ》に豊葦原中国は、必ず為長夜《とこやみゆ》くらむ。（一一二）

という用例があるだけであり、「葦原中国」という世界は定立されているとはいいがたい。神話的世界の「天下」は上巻に限定される。オホナムヂの拠る「葦原中国」は、下巻独自のものであり、上巻の「天下」とは異なる。「天下」は、あくまでイザナキ、イザナミのつくったものであり、オホナムヂはその構築にかかわらない。

ただ、その「天下」と「葦原中国」とが接合されることによって『日本書紀』「神代」はなりたっているのである。その接合によって『日本書紀』「神代」としての統一をはたすのであり、そこにお

いて「葦原中国」の問題をいかに捉えるかが、上巻の「葦原中国」の用例の意義とともに問われる。『日本書紀』「神代」の「葦原中国」の基本問題ともいえるが、この問題は後にふれる（参照、第八章）。

いま、『日本書紀』「神代」上巻が、「高天原」も「葦原中国」も「黄泉国」も「根之堅州国」もなく、「天」―「天下」、及び、その秩序の外なる「根国」という世界像をつくっているということに即して見よう。

それはそれで完結する。その世界像は、のべたごとく、天地のはじまり自体から語るものとして、コスモロジーと呼ぶにふさわしい。そのコスモロジーは、端的に、陰陽のコスモロジーをいうことができる。

さきにひいた冒頭部を見よう。

天地の「未剖」なるを「陰陽不分」といい、その天と地へのわかれは、

其れ清陽《すみあきらか》なるものは、薄靡《たなび》きて天《あめ》と為り、重濁《おもくにご》れるものは、淹滞《つつ》ゐて地《つち》と為るに及びて、精妙《くはしくたへ》なるが合へるは摶《むらが》り易く、重濁れるが凝りたるは竭《かたま》り難し。（七六）

といい、そこに働く原動は陰陽観で捉えられているのである。その陰陽の働きの具体化するところがイザナキ・イザナミとなって、天地の世界をさきに見たような「天」―「天下」の世界としてつくるのである。

「上巻は伊弉諾尊・伊弉冉尊を中心とする群品の創造と、天照大神と素戔嗚尊との交渉を中心とす

る天孫および出雲神の由来とを伝えている」という形で、「上巻は上巻で一つの神話を構成」するというべきそのまとまりを、太田善麿前掲書は見るのだが、右のように見てきていえば、神話的世界のなりたちを、コスモロジーと呼ぶべきものをもって語るのだというほうが上巻の概括にはむしろふさわしかろう。

「天」―「天下」、その秩序の外なる「根国」――、この神話的世界は、あくまでイザナキ（陽神）とイザナミ（陰神）とによって形づくられる。それが上巻を一貫するものである。イザナミは死ぬことなく、オホクニヌシはかかわる余地なく、世界は完成され、イザナキは「神功既畢、霊運当遷」（第六段、一〇三）するのである。

「陰陽」二元論を核心とし、それに貫かれたものとして、その世界像は、陰陽のコスモロジーということができる。中国的だといえばそうなのだが、そうした中国的論理によってはじめて一貫した全体像を可能にしたのが、この世界像なのである。

冒頭部には、『古事記』のそれと共通的な神名を見うけはするが、その展開の論理は全く異なるものとして読まねばならぬ。

具体的にいおう。陰陽分かれることによって天と地とはわかれて成る。そのはじめ、「洲壌浮漂」の状況、つまり、天地が世界としてまだ確立しないところにおいて、天地の間にあらわれたアシカビの如きものが、陽気をうけてクニノトコタチ、クニノサツチ、トヨクムヌとなる。クニノトコタチは、クニの土台の出現だが、この場合のクニは「指天地而言」（『日本書紀纂疏』）とすべきであろう。クニノサッチは、「狭者狭隘也」として（『日本書紀纂疏』）、「天地去未ㇾ遠」（第五段、八七）と照応させるならば、天地狭く成りたった状態と見ることもできようが、それではやはりツチが説明しがたい。ツチ＝土とすると、土台のうえにあらわれた土のことか。槌の字義を生かせば、土台を叩きかためる槌か。両案を記して留保するにとどめる。トヨクムヌは、豊かに（トヨ）くむところの（クム）沼（ヌ）、と解される。つまり、土台が豊かにひたされた状態であること。その状態のなかから、陰陽の気あいまじり、和して、土台のうえに陰陽の神々が成り、イザナキ・イザナミ両神を成す。ウヒヂニ・スヒヂニは原質としてのドロ、オホトノヂ・オホトマベのトは性器をいうのであり、男女の性器具現をあらわす。オモダル・カシコネは、完備した、足りてすばらしい状態をいい、イザナキ・イザナミは、誘い合い、相和する陰陽である。のちに、イザナキ・イザナミを「陽神」「陰神」というように（第四段）、両者は世界の土台のうえにあらわれた陰陽の体現であって、この世界の具体化をになう。その具体化された世界像はさきに見たとおりだが、陰陽としての両神あいまって成されねばならず、『古事記』のようにイザナミが死ぬことのない必然性をあらためて確認しておこう。当然また「黄泉国」もそこにはありえないのである。

『日本書紀』の陰陽のコスモロジーと、『古事記』のムスヒのコスモロジーと、その根本的な異質さを見なければなるまい。世界像という基本的な点で、両者の論理は全く異なるのである。この認識のうえにたって、記紀神話という把握のしかたのあいまいさを批判しつつ、『古事記』の神話的世界の考察は、あくまで『古事記』の論理――世界像にのっとってなされねばならぬと確かめてすすめたい。

なお、『古事記』序文についてあらためて付言せねばならぬ。さきに引いた序文の書き出しの「陰陽斯開」は、『日本書紀』的な陰陽の論理による表現といわねばなるまい。いかに天地がはじまったかからのべることといい（前述）、いまの問題といい、序文と『古事記』自体との異質さは明白であろう。この点については、丸山真男「歴史意識の「古層」」（前掲）が、序文が「正規の漢文体で書かれている」ことに目を向けて、

安万侶自身も、本文で用いた「天地初発」が、「堂々たる」漢文体には何かそぐわないと感じたからではあるまいか。

と示唆することに注目したい。要するに、『日本書紀』的論理と文体（両者は不可分なのだ）で翻訳したというべきではないか。そのような序文と『古事記』自体との間に留意しないで、序文と本文とをじかに対応させるわけにはい。

（注）『古事記』におけるタカミムスヒ・カムムスヒの記事は次のとおりである。

〔タカミムスヒ〕

(1) 冒頭部、既掲例（一―六）

(2) ここをもちて、八百万《やほよろづ》の神、天《あめ》の安《やす》の河原《かはら》に神集《かむつど》ひ集ひて、高御産巣日の神の子、思金《おもひかね》の神に思はしめ

て、（五〇）

(3) しかして、高御産巣日の神・天照大御神の命《みこと》もちて、天の安の河原に、八百万の神を神集へに集へて、思金の神に思はしめて詔《の》らししく、（七七～七八）

(4) ここをもちて、高御産巣日の神・天照大御神、また、もろもろの神等《たち》に問ひたまひしく、（七八）

(5) かれしかして、天照大御神・高御産巣日の神、また、もろもろの神等に問ひたまひしく、（七九）

(6)(7)(8)(9)(10) しかして、その矢、雉《きぎし》の胸より通りて、逆に射上げらえて、天の安の河原に坐す天照大御神・高木《たかぎ》の神の御所《みもと》に逮《いた》りき。この高木の神は、高御産巣日の神の別名《ことな》ぞ。かれ、高木の神その矢を取りて見そこなはせば、血その矢の羽に著《つ》けり。ここに、高木の神の告《の》らししく、（八〇）

(11) 天照大御神・高木の神の命もちて問ひに使はせり。（八四）

(12) しかして、天照大御神・高木の神の命もちて、太子《ひつぎのみこ》正勝吾《まさかつあ》勝々速日《かつかちはやひ》天《あめ》の忍穂耳《おしほみみ》の命に詔らししく、（八八）

(13) この御子は、高木の神の女《むすめ》、万幡豊秋津師比売《よろづはたとよあきづしひめ》の命に、御合《みあひ》まして生みたまへる子、天《あめ》の火明《ほあかり》の命、次に、日子番能邇邇芸《ひこほのににぎ》の命の二柱ぞ。（八八～九九）

(14) かれしかして、天照大御神・高木の神の命もちて、天《あめ》の宇受売《うずめ》の神に詔らししく、（八九）

(15) おのが夢《いめ》に云はく、天照大神・高木の神の二柱の神の命もちて、建御雷《たけみかづち》の神の召して詔らししく、（神武、一一二）

(16) ここに、また高木の大神の命もちて覚《さと》して白《まを》ししく、（神武、一一二）

タカギノカミを無条件に同一にあつかうわけにはいかないが、いまあわせて掲げた。

〔カムムスヒ〕

(1)　冒頭部、既掲例（二六）

(2)　かれここに、神産巣日の御祖《みおや》の命、これを取らしめて種と成したまひき。（五三）

(3)　しかして、その御祖の命、哭《な》き患《うれ》へて、天《あめ》に参上《まゐのぼ》り、神産巣日の命を請《こ》はしし時に、（六一）

(4)(5)　久延毘古《くえびこ》を召して向ひたまふ時に、答へ白ししく、「こは、神産巣日の神の御子、少名毘古那《すくなびこな》の神ぞ」かれしかして、神産巣日の御祖の命に白《まを》し上げたまひしかば、答へ告らししく、「こは、まことにあが子ぞ。子の中にあが手俣《たなまた》よりくきし子ぞ。かれ、いまし葦原《あしはら》の色許男《しこを》の命と兄弟《あにおと》となりて、その国を作り堅《かた》めよ」（七四）

(6)　この、あが燧《き》れる火は、高天の原には、神産巣日の御祖の命の、とだる天《あめ》の新巣《にひす》の凝烟《すす》の、八挙垂るまで焼《た》き挙げ、（八七）

補説　本居宣長の天地生成説

宣長がムスヒの生成のエネルギーを根源としてなりたつものとして『古事記』「神代」を見通していたことはのべたとおりである。その宣長の見地をうけとめながら、私は、『古事記』の世界像をムスヒのコスモロジーと捉えてみた。

ただ、宣長に即していえば、その全体的把握――つまり、宣長の捉えた『古事記』のコスモロジーは、私の捉えようとしたムスヒのコスモロジーとはかなり異なるところがある。宣長の把握は、一貫した明確なひとつの世界像をなすものであり、その全体的文脈から切り離して部分的な発言にして切りとって自説のためにくり入れるというのでは、やはり意はつくしがたい。ここで宣長説をふりかえりつつ、自らの立場もたしかめなおしておきたいと考える。

宣長は、『古事記』を天地の生成そのものから語るものとして捉えている。その基本的立場は一貫してゆるがない。

「天地初めて発りし時に」という『古事記』の書きおこしについて、宣長が「たゞ先此世《ツノ》の初《ハジメ》を、おほかたに云る文《コトバ》」（『古事記伝』、以下引用は同書による）と見るべきだとしたことは本論中にも引いた。私は、宣長を援用して、天地がはじまった時にというのであってどのようにしてはじまったかをいうものではなく、従って、天地がいかにして生成するかということは問題としない、「高天原」という「天」の世界は無条件にはじめからある、と理解して、『古事記』に「創世神話」というのは必ずしもふさわしくないとのべた。

だが、宣長は、その言につづけて、

此処《コヽ》は必しも天と地との成れるを指《サシ》て云るには非ず、天と地との成れる初《ハジメ》は、次の文《コトバ》にあればなり、

という。ここで世界のはじまりを一般的にいっておいて、天地のはじまりはあとに具体的にのべるのだというのである。アメノミナカヌシ以下の三神が「高天原」に成ったというのも、従って、「高天

原」という世界がすでにあってそこに成ったのだとは認めない。

後に天地成《リ》ては、其《ノ》成《リ》坐《セ》りし処《トコロ》、高天《ノ》原になりて、後まで其《ノ》高天《ノ》原に坐《シ》坐《ヌ》神なるが故に「高天の原に成りませる」と示されるのであって、

元来《モトヨリ》高天《ノ》原ありて、其処《ソコ》に成《リ》坐《ス》と云にはあらず、

というのである。「たゞ虚空《オホソラ》中にぞ成《リ》坐しけむ」と見るわけで、「国稚く……ただよへる」(二一六)というのも、

此《コヽ》は未《ダ》天地成らざる時にて、海もなければ、たゞ虚空《オホソラ》に漂《タダヨ》へるなり、

ということになる。

そして、その「浮ける脂のごとく」「ただよ」っていたもののなかから天地が成ると認める。ただよっていたものは、

天に成《ル》べき物と、地に成《ル》べき物と、未《ダ》分れず、一《ツ》に淆《マジ》りて沌《ムラ》かれたるなり、

とし、そこから「葦牙のごとく萌え騰る物」(二一六)によって天のはじめがあったのだという。

如此《カク》萌騰《モエアガ》りて終《ツヒ》に天とは成れるなり、

天となるべき物は、今萌騰りて天となり、地となるべき物は、遺《ノコ》り留《トヾマ》りて、後に地となれるなれば、是《レ》正《マサ》しく天地の分れたるなり、

というわけである。「天の始《メ》なる葦牙《アシカビ》の如くなる物」によって、ウマシアシカビヒコヂとアメノトコ

タチとが成り、

国之常立より以下《シモ》の神たちは（中略）地と成るべき物に因て成坐《リ》るなり、（中略）天之常立に対《ヒ》て国之常立と申す御名も、地に依《ヨ》れゝばなり、

と解するのである。かくて、「高天の原に成りませる」がかかっていくのは、「別天つ神」とくくられるアメノトコタチの五神であって、クニノトコタチ以下、

此《ノ》七代は、並《ミナ》此《ノ》国土《クニ》に就《ツキ》坐る神たちにぞ有《リ》ける、

こととなり、イザナキ・イザナミが「天降」る（二八）のは、

高天原《ノ》に生《ナリ》坐る神に非れば、今初《メ》めて天降坐《ス》にはあらず、初《メ》天《ツ》神の大命を承り賜ふとして、参上《マヰノボ》り坐るが、降りたまふなり、

と説明される次第となる。

一貫性という点では見事ともいえる宣長の説をたどってきた。世界像としての把握を明確に志向するものであり、輪郭のはっきりした全体文脈としてそれなりに整合的でもある。決して、部分部分だけを見ていくのではない、その姿勢に学びつつ、しかし、これに従うわけにはいかないと考える。

第一に、『古事記』に即するのならば、はじめから「高天原」という世界はあり、「国」は、世界としては確立していないが「ただよへる」状態にある。つまり、天地の世界は、すでにそうしたかたちで存在すると見るのが、文章に即した理解というべきであろう。天地のはじまりを語るところを見よ

うとするのは、『日本書紀』に引きずられるからであって、『日本書紀』をよびこむのでなければ、その必然性は『古事記』本文にはないであろう。宣長自身、しばしば『日本書紀』を援用して、天地のはじまりからのべるのだと見ることを支えざるをえないことにそれは露わではなかろうか。

開闢之初、また天地初判などあるは、此記の首《ハジメ》に、天地《アメツチノ》初発《ハジメノ》之時《トキ》とあると同じくて、先《ツ》たゞ大らかに、此《ノ》世の初《メ》と云《ヒ》出たるものなり、天地未生之時と云るは、いさゝかくはしく云るなり、さて洲壌云々は、此《ノ》記の国稚《クニワカク》にあたり猶游魚云々、また状貌難言、また猶海上浮雲云々などは、如《ク》㆓浮脂《ノ》㆒と云《フ》にあたれり、されば伝《ツタヘ》々《ツタヘ》各いさゝか異なる如くなれども、よく考ふれば、其《ノ》形状《アリサマ》は皆同じことなり、

というような、『古事記』と『日本書紀』との引き合わせかたに、この問題は端的にあらわれていよう。『日本書紀』としての文脈は見ないで、『古事記』とつきあわせる。すでに、予見が――つまり、ともに、天地のいかにはじまるかを語るのだという アプリオリな見地が、そこに働いているのではないか。そうした予見を去って『古事記』に即して見れば、天地がどのようにして成ったかということは問わずに、「天地がはじまった時に」と語りおこすと認めるのが正当であろう。

第二に、天地のはじまりを語るものとして、天と地への分れを認めなければならなくなるなかで、宣長のおかした無理は、イザナキ・イザナミの「天降り」理解に端的に顕れているといわざるをえない。いったん「高天原」にのぼって降るのだと説明しつつ、なぜ「反降」といわないのか（この疑問

は、イザナキ・イザナミの国生みがはじめうまくいかなくて天神に指示を請うたとき「還り降り」乃至「返り降り」〈三〇〉ということにてらして当然ではある）と問われたのに対して、

初《メ》に参上り坐《シ》し時は、いまだ淤能碁呂嶋は無き時なれば、於《ニ》二其嶋一反《カヘリ》とは云べきにあらず、

と答えることになったのは、やはり強引なつじつま合わせの感を免れない。いったん上りまた降るという不自然なものでなく、はじめから「高天原」に成ったと見て無理がなくなるのではあるまいか。イザナキ・イザナミまで全体が「高天原」における展開であり、両神はその「高天原」から降ると見るべきであろう。

第三に、同じき無理として、「国稚く……ただよへる」についての解釈がある。やはり、本文に即していえば、あくまで「国」についていっているものであって、これを、天になるべきものと地になるべきものと、

未《ダ》分れず、一《ツ》に淆《マジ》りて沌《ムラ》かれたるなり、

とするのは、まさに予見に支えられないかぎり難しいのではないか。宣長は、

天をば云《ハ》ずして、たゞ国稚《クニワカク》と云るは、凡て何事も、此《ノ》国土《クニ》にして語り伝へたるものなれば、国を主として云るなり、

というのだが、強弁というほかない。これを天地未分の状態とするわけにはいくまい。

以上のように見てきて、宣長の天地生成説は破綻していると断言することが許されよう。いかにも

宣長らしい一貫性と明確さと、かつは強引ともいえる整合性とをもつものながら、従うわけにはいかないことを、自らの立場をもたしかめなおす意味をこめて検証してきた次第である。

第三章 「葦原中国」

——神話的世界の機軸——

1 さまざまな神話的世界

ムスヒのコスモロジーという点で、全体を捉えておくべき『古事記』の神話的世界像であるが、具体的には、さまざまな神話的世界を現出しつつ展開する。

まず、冒頭に、無条件にすでにあるものとして示される天の世界「高天原《たかあまのはら》」がある。

この「高天原」から降って、イザナキ・イザナミが、「国」においてつくりなした世界は「葦原中国《あしはらのなかつくに》」と呼びあらわされる。

さらに、火の神を生んだために死んだイザナミの赴いた「黄泉国《よもつくに》」、スサノヲのいる「根之堅州国《ねのかたすくに》」、ヒコホホデミが鉤針をもとめて行った海神の国がある。

海神の国は、「高天原」「葦原中国」「黄泉国」「根之堅州国」のような称呼をもっては示されないが、神話的世界のひとつとして取り上げられるべきであろう。ワタツミノ神の女トヨタマビメと結婚した

ヒコホホデミのことを、

三年に至るまでに、その国に住みたまひき。(一〇〇)

というのであり、「国」としてその世界を示す。また、出産のときのトヨタマビメのことばには、

すべて佗国《あたしくに》の人は、産む時に臨《な》れば、本つ国の形もちて産生《う》むぞ。(一〇五)

とある。「佗国」といい「本つ国」というように、ヒコホホデミの世界に対置されるものとして、トヨタマビメは自らの世界を示すのである。そのトヨタマビメの「国」をどう呼びあらわすかだが、ここでは神話的世界としての性格をもっともよくあらわしうるという点で、主宰神によって、〈ワタツミノ神の国〉と呼ぶこととする。

天つ神の御子は、海原に生むべからず。(一〇四)

というトヨタマビメの言をもってすれば、「海原」の世界である。「海原」は、イザナキがスサノヲに「なが命は、海原を知らせ」と「事依《ことよ》さしし国」であった。スサノヲが「根之堅州国」に赴いて、いわば放棄されたままになっていたこの世界が、いま「葦原中国」とかかわってくるところで、具体的に顕わされるのである。ただし、「海原」は、ヒコホホデミの物語の中でその赴いた世界の称として明示されるわけではない。赴いたところは、シホツチのことばで、

あれ、その船を押し流さば、ややしまし往でませ。味御路《うましみち》あらむ。すなはちその道に乗りて往でましなば、魚鱗《いろこ》なす造れる宮室《みや》、それ、綿津見の神の宮ぞ。(九八～九九)

と示されるのであって、「海原」はその所在するところをいう。神話的世界としては、〈ワタツミノ神の国〉と呼ぶ所以である。

これらの神話的世界を、『古事記』の問題として、世界観という視点からいかに捉えるかが問われるのである。

なお、付言する。上に挙げたものの外に「常世国」の称が見える。大国主神（オホナムヂノ神）と協力して国作りをしたスクナビコナノ神の度《わた》ったところであり、神武の兄ミケヌの渡ったところとして示されるものである。

大穴牟遅《おほあなむぢ》と少名毗古那《すくなびこな》と、二柱の神相並びて、この国を作り堅めたまひき。しかる後は、その少名毗古那の神は、常世の国に度りましき。（七四〜七五）

御毛沼《みけぬ》の命は、浪の穂を跳《ふ》みて、常世の国に渡りまし、（一〇七）

という。ただ、この「常世国」は、さきの「高天原」等と同じように扱うわけにはいかないであろう。「常世国」自体は、いわば名称のみがあらわれるのであって、具体的に語られるところは何もない。広川勝美編『伝承の神話学』Ⅰ章「カミのトポロジー」（駒木敏執筆）に、

何よりも、可視的に語られることのないということにおいて、トコヨのありようは他の異界とは違いを示しているといえる。

というとおりである。「垂仁記」にタヂマモリがそこから橘を持ち帰ったという「常世国」は、神話

的次元の「常世国」とひとしなみに見ることはできないであろうが、それをも視野に含みつつ、『古事記』において、「常世国」は、ひとつの世界として実質化されることはなく、またそうであることにおいて意味をもつのだというべきであろう。つまり、「高天原」「葦原中国」等といったさまざまな神話的世界とのかかわりを超えたところにあるものとして意味をもつというべきではないか。そうしたものとして、上に挙げてきた神話的世界とは区別してこれを除いて考察をすすめたい。

2 「葦原中国」を機軸とする全体

「高天原」「葦原中国」「黄泉国」「根之堅州国」〈ワタツミノ神の国〉——これらをどう捉えていくべきか。

もっとも基本的な問題として、それらを、かかわりあうひとつの全体として捉えることを忘れてはなるまい。「高天原」であれ「葦原中国」であれ、個別的にそれ自体としてありうるのではない。諸世界のかかわりあいのなかで世界像として意味をもつのである。全体的な展望をぬきにしてたとえば個別に「高天原」のみを取り上げて考察しても本質を捉えることはできないであろう。

その全体的な展望、つまり、全体としての把握は、『古事記』上巻の基本把握として、中・下巻につながるところを見通しうるものでなくてはなるまい。

それは、「葦原中国」を中心とした世界像として全体を捉え、「葦原中国」(上巻)―「天下」(中・下巻)を、『古事記』の世界として見通すことによってはたされる。そうすることによって、はじめて、『古事記』上巻としての、神話的世界の問題は正当に捉えられるのだと考える。

第一に、中・下巻の側からその捉えかたはもとめられるのである。中・下巻において天皇の世界を「天下」と呼んで語ることが含む世界観というべきものについてはさきにふれたが、それが『古事記』全体として完結するには、上巻を含めて一貫したものでなければならぬ。「天下」につながるところは「葦原中国」だが、このつながりを軸として見通すべきであり、さまざまな神話的世界は、「葦原中国」を中心として捉えすえるべきなのである(参照、第一章)。むろん、神話的世界としての「葦原中国」と、「天下」は、無条件無媒介に接続しうるものではありえない。「葦原中国」―「天下」というその間にこそ、ある意味では、世界観としての核心がひそむともいえる。端的にいえば、「天下」がまさに「天下」でありうる所以を、そこに見るべきだと考えるが、それは「葦原中国」という世界の本質把握をもって示すほかない。具体的には以下の考察をつうじてのべることとして、いまは、「葦原中国」に中心軸をおいて神話的世界を見すえねばならぬことを確認したい。

第二に、上巻自体に即しても、「葦原中国」を機軸として全体を捉えねばならぬことは明らかなのである。

なにより、はっきりしているのは、上巻は、「葦原中国」の物語にほかならず、「葦原中国」を舞台として「葦原中国」のことを語るものだということである。ただ、こういいきるには、冒頭部が「高天原」における展開であり、ウケヒからアメノイハヤトにいたる物語がまた「高天原」を舞台とするものであること、また、天孫降臨において「高天原」が一方の舞台となることについて一言を要しよう。たしかに、すべてが「葦原中国」における展開というわけではない。しかし、右の三カ所で「高天原」のできごとを語るところにしても、結局「葦原中国」について語ることに帰着するという点において、全体を「葦原中国」の物語にほかならないと認めるのである。冒頭部については、第二章でのべたように、イザナキ・イザナミの出現を語るのであり、別ないいかたをすれば、「葦原中国」という世界をつくる神が、いかにしてあらわれたかを語るのだと見るべきであろう。「高天原」において始発する「国」(「葦原中国」としてのちに具体化する)への動きなのである。ウケヒ・アメノイハヤトの物語については後述するが(参照、第四章)、これも「高天原」の物語そのものとして意味があるというより、「葦原中国」という世界にとっての問題として、「高天原」と「葦原中国」との世界関係を確認し、「高天原」の神、つまり天神たるアマテラスの血統をひくものが「葦原中国」を正統に支配すべきいわれの根底を確認することに意味があると捉えられる。天孫降臨の段、また同断であり、「葦原中国」について、いかに天孫によって正当に支配されたかを語るものなのである。なお、念のために、「黄泉国」「根之堅州国」〈ワタツミノ神の国〉について付言すれば、それらは、「葦原中国」からそこへ行き、帰るというかかわりにおいて語られるのであり、たとえば〈ワタツミノ神の国〉におけるできごとが語られるということにせよ、「葦原中国」を座標とすることは揺るがない。あくまで、「葦原中国」の物語として意味をもつのである。

「葦原中国」を機軸とする、いうならば、「葦原中国」を語ることに帰着するありようと上巻を認めるべきこと右のとおりだが、さらにこのことをいくつかの点で念をおしておこう。

まず、神話的世界のかかわりあいは、「葦原中国」との関係としてのみ問題となる。「高天原」―「葦原中国」、「黄泉国」―「葦原中国」、「根之堅州国」―「葦原中国」、〈ワタツミノ神の国〉―「葦原中国」という、「葦原中国」とそれぞれの神話的世界との関係において語られるのみなのである。「葦原中国」からそこへ出むき、帰ってきた世界として語られる「黄泉国」、「根之堅州国」、〈ワタツミノ神の国〉であるが、それらが相互にどのようなかかわりをもつかは一切問題とされない。

要するに、「葦原中国」だけが問題なのだということは、また、「葦原中国」の、他の神話的世界との関係のしかたにおいても明示される。見過さないでおきたいのは、「黄泉国」、「根之堅州国」についての語り収めかたである。「黄泉国」からにげ帰ったとき、イザナキは、

千引《ちび》きの石《いは》をその黄泉《よも》つひら坂に引き塞《さ》へ、その石を中に置きて、おのもおのも向ひ立ちて、事戸を度す……（三九）

のであり、「千引きの石」によって「黄泉国」と「葦原中国」とは断絶する。また、〈ワタツミノ神の国〉とのかかわりは、

「あれ、恒は海つ道《ぢ》を通して往来《かよ》はむとおもひき。しかれども、あが形を伺ひ見たまひし、これいと怍《はづか》し」とまをして、すなはち海坂《うなさか》を塞へて返り入りましき。（一〇五）

と、トヨタマビメによって閉ざされる。「葦原中国」の側から閉ざすのと、〈ワタツミノ神の国〉の側から閉ざすのとの違いはあるが、大事なのは、「葦原中国」からそこへ赴くことによってかかわっていったそのかかわりが遮断されるということであろう。世界関係はもちこされることなく、それらの世界からもたらされたものにおいて成りたつ「葦原中国」がのこる。そうした「葦原中国」を見定め語るのだというべきであろう。

さらに付け加えていおう。「葦原中国」だけが問題なのだということは、上巻冒頭からその世界がイザナキ・イザナミによってはじまったことを語り、それがいかにして完成され、天神に所有されて天皇の支配するところとなったかという、「葦原中国」について物語ることにかかわるところでのみ、他の神話的世界は意味をもってあらわれるという点においても明らかなのだ。具体的にいえば、たとえば、冒頭部、「高天原」はすでにはじめからあり、その世界自体の存立を問うことはなく、そこにおける展開として、「葦原中国」をつくるイザナキ・イザナミの出現を語るのみなのである。あるいは、「黄泉国」についていえば、これまたそれ自体として定立されるわけでないことは、鈴木重胤が大祓の祝詞の注解のなかで、

此黄泉国は何れの神の如何にして造けむ、伝無れば知べからず（中略）思ふに別に造作らせ給ふ

には有べからず。(『延喜式祝詞講義』)

とふれたことが、その本質を衝いているといってよい。「根之堅州国」〈ワタツミノ神の国〉また同断である。世界として問題になるのは「葦原中国」だけだといいかえてもよい。他の神話的世界はその「葦原中国」を語ることにかかわるところでのみ意味をもつ。

それを別な例でたしかめなおしておけば、スサノヲの「根之堅州国」行きの問題がある。スサノヲは、イザナキによって「海原を知らせ」と命ぜられたのであったがその「命さしし国を治めずて」啼きいさち、理由を問われて、

「あは妣《はは》が国根の堅州国に罷らむとおもふゆゑに哭《な》く」(四四)

とこたえ、イザナキの怒りをうけて「しからば、なはこの国に住むべからず」(四四)と追放される。このときスサノヲは「しからば、天照大御神に請して罷らむ」(四四)と天に参上り、これを迎えたアマテラスとウケヒするという次第になるのだが、イハヤトの件りを経て放逐される。『古事記』の叙述を追えば、追われて「出雲の国の肥《ひ》の河上、名は鳥髪《とりかみ》といふ地《ところ》に降り」(五三)、「須賀《すが》の地《ところ》に(中略)宮を作りて坐しき」(五六)と語られているのであるが、「根之堅州国」に赴いたとはふれないまま、オホナムヂは、

「須佐能男《すさのを》の命の坐す根の堅州国に参向ふべし、必ずその大神議《はか》りたまはむ」(六二)

といわれ、「根之堅州国」のスサノヲのもとに到るのである。「須佐能男の命の坐す根の堅州国」とは

ある意味では唐突ともいえる。『日本書紀』には、出雲に降りスガに宮を建てたとした後に、

　已にして素戔嗚尊、遂に根国《ねのくに》に就《い》でましぬ。（第八段、一二三）

とあるのを見合わせればなおさらその感は深まるかもしれない。それは宣長をもこだわらせたのではあった。宣長はくりかえしいう（『古事記伝』）。

　書紀に遂就二於根国一矣とあり、此記には此《コヽ》には此《ノ》事をいひもらしたれども、下文に至て、根之堅洲国に坐《ス》事見えたり、

　此記にも必《ズ》此《ノ》事を云べきか、脱《モレ》たりしこと前に論へるごとし、

『古事記』にも書いてあるべきものだというのだが、しかし、私は、『古事記』としてはそれは語るべきことではなかったと認める。出雲のことまででおわって「根之堅州国」に行ったことはのべないのは、『古事記』として語るべきなのは「葦原中国」にかかわるところまでだということを截然と示しているのではないか。オホナムヂが「葦原中国」から赴くところとして「須佐能男の命の坐す根の堅州国」というのは、「葦原中国」にかかわる神話的世界としてそれを示すのであって、決して唐突でも、あるべき記事がおちているわけでもないのである。ことは、死んだイザナミを、比婆の山に葬ったとした後、「黄泉国」について何の説明もないまま、

　ここに、その妹伊耶那美の命を相見むとおもほし、黄泉つ国に追ひ往《い》でましき。（三六〜三七）

と、すでに「黄泉国」にいるものとしてのイザナミをイザナキが訪れることを語るのをも見合わせる

ならば、より明確であろう。

以上、上巻に即して、上巻が「葦原中国」を語るためのものにほかならぬことをたしかめてきた。中・下巻を含めた『古事記』全体としての把握のためにも、上巻自体のありように正当に即して見るためにも、「葦原中国」を機軸として成り立つ相関的な全体を捉えねばならぬことをここで確認しておきたい。

3 世界関係の次元

「葦原中国」を機軸とする相関的な全体の把握へ向かうべきことは上に明らかにしてきたが、それを具体的にすすめるにあたって、世界関係の次元という問題について認識を明確にしておく必要があると考える。

「高天原」―「葦原中国」、「黄泉国」―「葦原中国」、「根之堅州国」―「葦原中国」、〈ワタツミノ神の国〉―「葦原中国」という諸関係は、みなひとしく同じ次元で捉えるわけにはいかないことをはっきりさせてはじめないと、基本方向を誤まってしまうといわねばならぬからである。「高天原」―「葦原中国」と、あとの三者とでは、「葦原中国」の問題であることは同じであっても、次元の異なることを明確にすべきであろう。

そのために、〈アメ〉と〈クニ〉という神話的世界の次元の問題をまずおさえておこう。「天地初めて発りし時に、高天の原に成りませる神の名は、……」という『古事記』の書きおこしをあらためて想起したい。「高天原」はいうまでもなくその「天地《アメツチ》」の「天」の側の世界である。いっぽう「地」の側に、イザナキ・イザナミによって「葦原中国」がつくられていくのである。この「天《アメ》」と「地《ツチ》」という対応は、神話的世界としては〈アメ〉と〈クニ〉としてあらわされる。イザナキ・イザナミについて「その嶋に天降りまして」（二八）といい、スサノヲがアマテラスのもとに赴くのを「天に参上る時に」（四五）とするごとく、「天」の側は一貫して「天」と呼ばれるが、「地」の側は、「国稚く、浮ける脂のごとくして、くらげなすただよへる時に」（二六）、「このただよへる国を修理め固め成せ」（二七）とあるように、「国」と称されるのである（原文の表記は「天」「国」だが、一般的名辞と区別すべく、〈アメ〉〈クニ〉と示す）。〈アメ〉―〈クニ〉という二元的世界なのである。〈アメ〉の世界としては「高天原」、そして、〈クニ〉の世界として「葦原中国」と、〈アメ〉―〈クニ〉の二元的神話的世界は具体化されるわけである。

この〈クニ〉の次元、つまり、「葦原中国」と同じ次元の世界として、「黄泉国」「根之堅州国」〈ワタツミノ神の国〉はある。「黄泉国」「根之堅州国」については「国」という称においてそのことは明確に表示されているのである。また、〈ワタツミノ神の国〉も、〈クニ〉においてイザナキ・イザナミの生んだ神の世界であるがゆえに〈クニ〉の次元において見られねばならぬ。すなわち、いわゆる国生みのあとの神生みのなかに、「次に、海神、名は大綿津見神を生みましき」（二七）とあり、イザナキの禊の件りにも、三柱の「綿津見神」（四一）が見える。前者に対応させて見るべきかと考えるが、いまの問題としてはいずれであっても同じである。要するに、「葦原中国」を中心に、「黄泉国」「根之堅州国」〈ワタツミノ神の国〉のかかわるところが〈クニ〉なのである。

ただ、念のためにいえば「高天原」が「国」と呼ばれることが絶無ではない。

わが国を奪はむとおもほすにこそ。（四五）

といってアマテラスがスサノヲに相対したことが想起される。ひとつの領域として「高天原」をもかく「国」という。だが、それはこの文脈に限定してのことであり、さきに示したごとく、基本的には一貫して「天」と呼び、世界としての称はあくまで「高天原」であって、「国」という称とは明確に区別されるのである。

〈アメ〉〈クニ〉という次元をこうおさえてきて問題の輪郭は明瞭になる。

「高天原」―「葦原中国」は、〈アメ〉―〈クニ〉の二元的対立を具現するものであり、「黄泉国」―「葦原中国」、「根之堅州国」―「葦原中国」、〈ワタツミノ神の国〉―「葦原中国」は〈クニ〉の次元の問題なのである。二つを区別して捉えることが必要なのだ。

具体的にいえば、「葦原中国」にかかわって「高天原」と、「黄泉国」等とは、同じ次元で扱うわけにはいかないということである。このことを見忘れたとき、「高天原」と「黄泉国」とをひとつの次

元で構造化することになってしまう。たとえば、

上ッ瀬、中ッ瀬、下ッ瀬とか、上枝《ホツエ》、中枝《ナカツエ》、下枝《シヅエ》などの用例から見ても（中略）中つ国は高天の原と黄泉の国とを結ぶ縦の秩序における中の国の意に外ならない。

と「葦原中国」を捉え、

高天の原、葦原の中つ国、黄泉の国という上中下三重層の神話的世界像に外ならない。

とする西郷信綱『古事記の世界』の説は、広い支持を得ているが、次元の異なるものを無媒介にひとつにして構造化してしまっていると批判せねばなるまい。

西郷説は、上つ枝・中つ枝・下づ枝、上つ瀬・中つ瀬・下つ瀬等と類比するが、これらは用例にてらして、同じものの三区分である。それと同様だとすれば、上つ国・中つ国・下つ国は同じものの三区分、すなわち、同じ「国」について、上つ国・中つ国・下つ国と区分するもののはずだということになる。しかし、次元の違う〈アメ〉の世界「高天原」をふくめるのでは無意味というほかない。佐藤正英「葦原中国をめぐる二、三の考察」（『日本倫理思想史研究』）が、

高天原を国という表象のうちに含めていいであろうか。天なる世界たる高天原をも含むところの、国という表象あるいは名辞が『古事記』に見出せるであろうか。

というのは、きわめて正当な批判であろう。

西郷説のような三層構造の世界像という捉えかたについては、「黄泉国」を地下の世界と認めるこ

とができない(この点は、第五章で詳しくのべる)という点でも批判せねばならぬが、右のように、もっとも根本的な世界関係の次元の認識からすでに方向を誤まっているといわねばならぬ。

こうした批判を含めて、私は次の二つの方向から見るべきだと考える。

第一に、〈アメ〉—〈クニ〉という二元的対立を、世界としての基本的な成りたちとしておさえ、具体的には、「高天原」—「葦原中国」において、それを「葦原中国」という世界の成りたちとして見届けることがもとめられよう。

第二には、〈クニ〉の次元の問題として、「黄泉国」—「葦原中国」、「根之堅州国」—「葦原中国」、〈ワタツミノ神の国〉—「葦原中国」という、個別のそれぞれについて見るとともに、その全体において「葦原中国」がどのようにあらわしだされるかを見定めるのでなくてはなるまい。

「葦原中国」はその両面を重ねてはじめて正当に把捉されるというべきであろう。

以下、第一の方向を具体化するために、第四章で「高天原」を、第二の方向から考察するものとして、第五章で「黄泉国」、第六章で「根之堅州国」、第七章で〈ワタツミノ神の国〉を、それぞれ取り上げながらすすめ、そのとりまとめは第八章において試みる。

第四章 「高天原」

――「葦原中国」の存立――

1 〈クニ〉の存立の根拠

「高天原《たかあまのはら》」は『古事記』に独自な神話的世界である。『日本書紀』には「高天原」という世界は認めがたい（参照、第一章及び第二章）。『日本書紀』「神代」上・下巻をつうじて、本文においては「高天原」の用例を見ないことは、中村啓信「高天の原について」（『倉野憲司先生古稀記念　上代文学論集』）の指摘がある。のべ五例（寛文版本では七例を見るが、諸本を検討すると五例と認めるべきだと中村氏は説く）のうち「神代」の四例の「高天原」はすべて「一書」中のものである。『日本書紀』としての把握は本文によってなされるべきだという点からすれば、『日本書紀』は「高天原」という世界を設定しないというべきなのである。

『日本書紀』では「天」ないし「天上」であらわされる天上世界だが、単なる「天」でなく、「天原」に「高」を冠してこれをあらわす――「高天原」として天上世界を設定するのは、『古事記』の問題なのである。

中村前掲論文が、

日本書紀では、古事記のような「高天の原」の明確な観念が確立されることがついになかったのであり、古事記における「高天の原」の世界観を、日本書紀はもつことがなかったのである。

という通りである。中村説にさきだって、太田善麿『古代日本文学思潮論Ⅱ——古事記の考察——』が、「高天原」は「古事記における神学の主要観念」として見るべきことを論じているが、より明確に、『古事記』の独自な問題であることを示したものとして、中村説の意義は大きい。

『古事記』の問題としての「高天原」をどう見るかという点で、成立論的にいえば、その成立の新しさを認めるべきであろう。「高天原」観念の新しさについては、太田前掲書が説く。版図の自覚、葬送方式等「高天原」の「成立条件ないし根拠」の検討をもってうらうちしながら、皇極以後アメを冠する天皇の諡号、就中、持統の「高天原広野姫天皇」という諡号から、

「高天の原」という観念がはっきりと確立して、その規模の荘大さを獲得したのは、おそらく、天武・持統天皇の御代のころであったろう。

と推測するのだが、首肯されるところであろう。

ただ、『日本書紀』が「高天原」をもたないのは、あくまで『日本書紀』としてのコスモロジーの問題なのであって、『古事記』のほうがより新しい観念によっているというふうに導くべきものでは

ないことは再確認したい。

そして、『古事記』の問題として、大事なのは、成立の新しさに帰着しておわるのでなく、独自な「高天原」によってなにをつくりなしているかを見ることであろう。それを「葦原中国」の把握として問うべきなのである。

単なる「天」でなく、「高天原」として天上世界を設定する。『古事記』においてその「高天原」の世界は、はじめから「天《アメ》」の側にあるものであった。どのようにして成り立ったか、その存立の根拠は問題とされない。無条件なのである。その世界に「成」った、アメノミナカヌシ・タカミムスヒ・カムムスヒ、就中、ムスヒのエネルギーを根源として、「地《ツチ》」の側―〈クニ〉は世界として成り立ちえた。つまり、〈クニ〉が世界としていかにありえたかということが問題なのである。そこで、〈クニ〉をつくる神が出現する世界であり、ムスヒ等「天つ神」の世界（イザナキ・イザナミが降るのは「天つ神のもろもろの命もちて」であることを想起しよう）であるものとして定立することを「高天原」はになわねばならぬ。「天」や「天の原」ではありえない所以というべきであろう。

〈クニ〉は、「高天原」の神たるイザナキ・イザナミによって、「高天原」のムスヒのエネルギーのもとに世界としてつくりなされる。天上―地上という関係であり、〈アメ〉―〈クニ〉の二元的世界ではあるが、決して対等の対立関係ではない。〈クニ〉の存立の根拠の問題として、この〈アメ〉（「高天原」）―〈クニ〉の関係を確認してはじめねばなるまい。

2　「高天原」―「葦原中国」の世界関係の確認としてのアメノイハヤト

〈クニ〉は、「高天原」に存立の根拠をもつ世界であり、イザナキ・イザナミによって「生」みなされる国土が「大八嶋国」となるのだと確かめつつ、それを「黄泉国」との関係において「葦原中国」として、そこに顕わしだすにいたる。

そうした、〈クニ〉における「葦原中国」の定立によって、〈アメ〉―〈クニ〉の関係は、「高天原」―「葦原中国」という関係として明確化されるわけである。つまり、定立されてきた「葦原中国」に対する「高天原」、ということである。「葦原中国」とは、「高天ノ原よりかくは名づけたる」（本居宣長『国号考』）のではない。「葦原中国」を顕わしだし定立するのは〈クニ〉における世界関係――具体的には「黄泉国」との関係――なのである（この点は参照、第五章）。

さて、「葦原中国」が顕現したところで、その世界を「高天原」に存立の根拠をもつものとして認めつつ、「高天原」とのどのような世界関係において成り立っているかということ、すなわち、世界関係はどのように具体化されることとなるかということを示すのが、アメノイハヤトの話である。

アマテラスとのウケヒに勝ったスサノヲの「勝さび」の乱行のはて、アマテラスは「見畏み」てア

メノイハヤトにさしこもった。ために、

しかして、高天の原みな暗《くら》く、葦原の中つ国ことごと闇《くら》し。これによりて常夜往《とこよゆ》きき。ここに、万《よろづ》の神の声《おとなひ》は狭蠅《さばへ》なす満ち、万の妖《わざはひ》ことごと発《おこ》りき。（五〇）

という事態となったが、「八百万の神、天の安の河原に神集ひ集ひて」、アマテラスをイハヤトから引き出すために、大がかりな祭りをおこない、アマテラスがこれに興味をもったのに乗じて引き出すことができた。話の大要は以上のようになる。

アメノイハヤトの、神話としての把握をめぐる論議は多様に成されてきたが、現在、日蝕神話説と冬至儀礼反映説との二つが有力な説と認められる。前者は、大林太良「東南アジアの日蝕神話の一考察」（『論集日本文化の起源　民族学Ⅰ』）に代表され、後者の代表的なものとしては、たとえば松村武雄『日本神話の研究』（第三巻）が挙げられる。大林説は、東南アジアの日蝕神話を広く見わたしながら、これらを、

一　日と月は *Geschwister* であり、その下にまだ一人の弟或は妹がいる。

二　それは極めて行いが悪い。

三　そのため、日月は死後、日、月となるがその悪い弟妹は怪物ないし妖星となる。

四　日蝕或は月蝕は彼または彼女のためおこる。

という基本的モチーフに還元できるとして、イハヤト神話との「顕著な一致」を認めるのである。す

なわち、「一、二、四は一致を示し、三に関しても形はやや異っているが思想的には極めて近い」のであり、東南アジアの日蝕神話とイハヤト神話との「歴史的な系譜関係」は疑えないものだとする。スサノヲの乱行を含めて「岩戸隠れ神話の全結構」を考えるこの立場に対して、松村説は、

本原的には、大神の天岩戸籠りは、素尊の乱行によつて生起したものではなく、それ自らに内在する因を有してゐた。

とする点で、立脚点を基本的に異にする。そして、「それ自らで充足したもの」としてのイハヤトの儀礼の意味づけから、冬至において「太陽の力能を更新する意図の下に実修した一種の呪術宗教的儀礼を核心とする神話」と見るべきだと帰結するのである。視点の置きかたが異なるというしかない両説であり、同じ平面に並べていずれが正しいかと問うわけには必ずしもいかない。複合的に見るべきだとして、両要素を認める立場(たとえば、吉井巌「日本神話総覧 古事記の神話」『別冊国文学日本神話必携』など)のある所以である。

しかし、神話論的に『古事記』以前の元来の神話としてどう見るかという右のような論議とは別に、『古事記』の問題は問われねばならぬ。このような話を「高天原」において語ることは『古事記』にとってどのような意味があるのか。この点で、西郷信綱『古事記注釈』(第一巻)が、

立場のいかにかかわらず明瞭なのは、スサノヲの荒ぶるわざのもたらした混沌と危機つまりカタスツロフィがすべての神々をまきこむ大がかりな祭りと計略とによってようやく乗りこえられ、

ここに一つの宇宙的、社会的秩序が回復したということである。あるいは同じことだが、一つの試練を経て天照大神が再生するに至ったということである。

というのは、明晢に問題を開示してくれる。アマテラスがこもることによって結果されたのは無秩序と混沌とである。それは「常夜」「万の神の声は……」という表現に示されるとおりである。そこからの回復を語ることは、要するにアマテラスのになう秩序の原理としての意味を語るものに外ならない。前掲吉井「日本神話総覧　古事記の神話」が、

古事記だけが神話の最初と終わりに、全世界の暗黒化と光明の甦りを述べることで明らかなように、この神話の狙いは、新しい皇祖神・天照大御神のクローズアップによる尊厳性の賦与にあったと思う。

とすることも、ここに想起されて然るべきであろう。くり返せば、アマテラスが秩序の根源であり、原理であることを語るものとして、『古事記』におけるアメノイハヤトの話の意味をおさえる必要がある。

そこにおいて、この話が「高天原」における物語ではあるが、「高天原」自体について語るものではないことも明確になろう。端的にいえばアマテラスの秩序は、「高天原」と「葦原中国」との世界関係を確認するという意味をもつものであって、むしろ、その関係について語ることに本質があると見るべきではないか。

イハヤトごもりの首尾は、

かれここに、天照大御神見畏み、天の岩屋戸を開きて、刺しこもりましき。しかして、高天の原みな暗く、葦原の中つ国ことごと闇し。（五〇）

と、

かれ、天照大御神出でまし時に、高天の原と葦原の中つ国と、おのづからに照り明りき。（五二）

と、まさに照応して語られる。吉井氏の指摘のように、アマテラスのになうものをそこで明確にさし示すことが、『古事記』のめざすところなのだ。そして私が注目したいのは、「高天原」と「葦原中国」とをならべることである。「高天原」におけるできごとを語るのだが、そこに何らのことわりもなく「葦原中国」が、あたかも自明であるかのように、ひきこまれてくる。イハヤトにこもったアマテラスの言のなかにも、

あが隠《かく》りますによりて、天の原おのづからに闇《くら》く、また葦原の中つ国もみな闇けむとおもふを、（五一）

とある。それが「高」を冠さず、「天の原」というのはやや問題がのこる。宣長は、

高《タカ》てふ言を添《ヘ》て、高天《ノ》原とは、此国土《ノクニ》より云《フ》ことなり、（中略）されば天照大御神の天石屋《ノイハヤ》に隠《リ》坐る処の御《ミ》言《コト》（中略）などには皆たゞ天《ノ》原とあり、其《ソ》は天にして詔《ノタマ》ふ御言なるが故なり、（『古事

記伝』）

というが、天地のはじまったときに無条件に定立される「高天原」を「此国土より云」とするのがふさわしいだろうか。また、イハヤトの件りにおいて、すべて「高天原」とするなかで右の例のみ「高」を冠さないことの説明として十分説得的といえるかどうか。ただ、「高」の脱落の可能性を考える（西郷『注釈』）にも根拠不足であり、いまは、不審をのこして、内容的には「高天原」として了解されるべきことをたしかめておく。このアマテラスの言が、さきの首尾照応と働きあって、ことはいっそう明確であろう。こうして、「葦原中国」にまでかかわらせることをどう見るかというとき、太陽神ということなどに実体的に還元しても意味はあるまい。あくまで神話的世界の問題として考えねばならぬ。

「高天原」と「葦原中国」とをならべることは、二つの世界の関係の確認に外ならないと私は考える。アマテラスの秩序は、二つの世界を貫くものだと『古事記』は示すのである。「高天原」にあるアマテラスの秩序によって、「葦原中国」もおおわれる。換言すれば、二つの世界はひとつの秩序につつまれて成り立っている。アマテラスが秩序の原理たることをあらわし示しながら、そうした世界関係を確認することが、アメノイハヤトの話の本質だと捉えたい。

アマテラスの秩序によって、「高天原」にいわば包摂されるものとしての「葦原中国」という成り立ち――世界としての存立が確認されたところから、その世界としての完成（大国主の国づくり）、さらに、その完成された「葦原中国」が天孫によって所有される（天孫降臨）にいたることへと『古事記』は展開する。そうした展開にとって、この世界関係の確認は必要なのであった。

特に天孫降臨にとって、アマテラスの、

　豊葦原の千秋《ちあき》の長五《ながい》百《ほ》秋《あき》の水穂の国は、あが御子正勝吾《まさかつあ》勝々速日《かつかちはやひ》天《あめ》の忍穂《おしほ》耳《みみ》の命の知らす国ぞ。

（七七）

という神勅が、どこで保障されるかという点で、アメノイハヤトにおける世界関係の確認は不可欠の前提だというべきであろう。イハヤトの話と降臨の話との緊密な連関については、三品彰英「天岩戸がくれの物語」（『建国神話の諸問題』「三品彰英論文集」第二巻）が詳しく説く。登場する神等の共通性がそこで指摘されるが、成立過程上も関連するものであったかどうかはともかく、いま大事なのは、そうしたつながりにおいて、イヤハトにおける世界関係の確認が意味をもたしめられているということであろう。

なお、ウケヒについて付言する。アマテラスとスサノヲとが子を生み合うという話を、神話論的にどう見るかについての論はやはり多く、問題は多岐にわたる。ただ、『古事記』にとって重要なのは、

　女神の後嗣として天之忍穂耳命の出現が必要であり、須佐之男命の勝利によって乱行、追放へと進む展開が求められていたのである。

と、吉井巌「日本神話総覧　古事記の神話」（前掲）のいうところにつきよう。約言すれば、アメノ

オシホミミの出現を語りながら、そのアメノオシホミミ及びアマテラスの「高天原」と、「葦原中国」とがどのような世界関係において成り立つかを語るのが、ウケヒ―アメノイハヤトの件りなのである。

「高天原」における物語であるが、「高天原」そのものについて語るのでなく、世界としての成り立ちについて語ることに本質があるのである。〈クニ〉の世界「葦原中国」の、世界としての根拠は〈アメ〉の世界「高天原」にもとめられる。「葦原中国」が顕現したところで「高天原」に舞台をうつし、「高天原」におけるウケヒ―アメノイハヤトの物語をつうじて、「高天原」の側からその世界関係――世界としての存立は語られねばならぬのであると考える。

3 「高天原」からの保障

天孫降臨は、「葦原中国」が「高天原」から降ってきた神によって所有され、たもたれていくことを語る。大国主神によって完成された世界は、ここに正統な支配者を得てあるべき世界となる、というわけである。

その降臨は、さきに引用したアマテラスの神勅からはじまるが、そこでは降るべき世界を「豊葦原の千秋の長五百秋の水穂の国」と呼ぶ。「葦原中国」にあたるものをこう呼ぶことが、「高天原」との関係のなかであらわれることに注目したい。

そして、この「豊葦原の千秋の長五百秋の水穂の国」は「葦原中国」とは異なる意義内容をになうと見るべきだとする見解の検証をつうじて、「高天原」からの呼称としての意味、ひいては、「葦原中国」の問題としての意義について考えてみたい。

二つの呼称の使い分けについては、日本古典集成本（西宮一民校注）に、文脈的には「豊葦原の千秋の長五百秋の水穂の国」と同じ国であるが、この表現が天照大御神の御子の領有支配の国としての予祝をこめた讃辞で連ねられているのに対して、「葦原の中つ国」の表現には、かえって未開発国の印象を与えるものがあるように、両者を使い分けている。

といい、遠山一郎「「アメノシタの用法」（『万葉』一一三）は、

神代において地上界を指す語は二つあることが知られる。一つは「葦原中国」であり、未統治の状態から国つ神によって統治される状態までを含めて表す語である。二つは「豊葦原（之千秋長五百秋之）水穂国」であり、天つ神による統治に視点を置く語である。

と主張する。遠山説は、天神の統治という点からの把握を明確にしており、一般的に「未開発国」という西宮説とは異なるが、「葦原中国」を負の価値を荷担せしめるものと見る点では共通する。

しかし、基本的な問題として、同じ「葦原」をもってしながら、そのになう価値はいわば正と負とにわかれることについて、西宮・遠山両説ともに、名義上の説得的な説明のないことがひっかかる。

一方には「豊」を冠し、他方はそうではないにしても、いずれも「葦原」を名義の核とする。その呼称が、いわれるように意味を異にすることになるか。むしろ、同じ意味で捉えながら、その呼び分けのになうものを見ていくべきではなかろうか。

さらにいえば、遠山説は、文脈理解に立脚するのであるが、その文脈理解自体に疑問がある。「豊葦原の千秋の長五百秋の水穂の国」は、天神の御子の降るべき世界として予祝をこめて、「高天原」から、「葦原中国」を特殊に呼ぶのだといえば、天神の統治という点から文脈的意味を解かなくとも十分理解は可能だからである。たとえば、「葦原中国」平定をおえて、ホノニニギが降っていくとき、

しかして、日子番能邇邇芸《ひこほのににぎ》の命、天降りまさむとする時に、天の八衢《あめのやちまた》に居て、上《かみ》は高天の原を光《て》らし、下《しも》は葦原の中つ国を光らす神ここにあり。（八九）

という。遠山説では、右の例も、天神が統治していないから「葦原中国」と呼ぶのだということになるのだろうか。それでは強弁にすぎはしないか。また、たとえば、「黄泉国」とのかかわりにおいて、はじめて「葦原中国」と顕わすのは、あくまで〈クニ〉における問題として見るべきであろう（参照、第三章及び第五章）。そこに、天神の統治というような、〈アメ〉とのかかわりをもちこむことは、問題の次元の混乱をもたらすだけではないか。

西宮・遠山両氏の使い分け説には従いがたいこと右のとおりである。「高天原」からの呼称としての「豊葦原の千秋の長五百秋の水穂の国」の意味を、「葦原中国」と関連させて考えることは、別な

方向で試みられねばなるまい。

「豊葦原の千秋の長五百秋の水穂の国」とは、「葦原中国」を、「高天原」から特殊に呼んだものであり、「葦原中国」の「葦原」に含まれるところを最大限に拡大したものだと考えるべきではないか。天神の御子によってたもたれていくこととなる世界への保障を与えるという点にその本質は認められよう。「葦原」の意義についてはあとでまとめてふれるが（参照、第八章）、結論的にいえば、イネの豊饒を約束されたところをいう。〈クニ〉において、そうした豊饒につながるはずの世界として「葦原中国」と顕わし、「高天原」との関係を確認してきたところは、その「葦原」において「高天原」から価値づけられるのだと認められる。「葦原中国」は〈クニ〉の世界関係のなかで顕わされてくるが、「高天原」からもそう呼ぶことの意義を再確認し、いわば保障するのだといってよい。

以上に見てきたところをまとめてみよう。

まず、「高天原」は、〈クニ〉の、世界としての存立の根拠であった。〈クニ〉において「葦原中国」という世界が顕わされたところで、それは「高天原」――「葦原中国」の問題となる。これを、「高天原」のアマテラスの秩序の原理が「葦原中国」をも包摂するという世界関係の確認において示すのである。それゆえに、「葦原中国」は、「高天原」から豊饒を保障されつつ、アマテラスの子孫によってたもたれる必然性をもつ。

このように、「高天原」をもって、「葦原中国」の、世界としての存立そのものを語るのだとまとめることが許されよう。

第五章「黄　泉　国」

——人間の死をもたらすもの——

1　問題の本質

イザナキ・イザナミが、島を生み、神を生んで〈クニ〉においてつくりなしていった世界は、「この八《や》嶋《しま》を先づ生みたまへるによりて、大《おほ》八《や》嶋《しま》国《くに》といふ」（三一）と、現実の世界につながってくるものとして明示されるが、それが「葦原中国」と呼びあらわされるのは、「黄泉国」とのかかわりにおいてであった。

死んだイザナミを追ってイザナキは「黄泉国《よもつくに》」に行く。そして、イザナミと会って還ることをもとめるが、イザナミの提示した「あをな視《み》たまひそ」（三七）という禁忌を犯して、ことはやぶれ「黄泉国」からようやく脱出する。最後に追って来たイザナミと、「千引《ちび》きの石《いは》をその黄泉《よも》つひら坂に引き塞《さ》へ、その石を中に置きて」（三九）、イザナキは訣別してこの一段は閉じられるが、この「黄泉国」とのかかわりを語るなかで、「黄泉国」に対して、かつてイザナキ・イザナミが協力してつくりなし、いまはイザナキののこる世界をはじめて「葦原中国」と呼びあらわすのである。

すなわち、「黄泉国」の軍を桃の実で撃退したとき、その桃の実に対して、

「なれ、あを助けしがごとく、葦原の中つ国にあらゆるうつしき青人草の、苦しき瀬に落ちて患《うれ》へ惚《なや》む時に助くべし」(三九)

というイザナキの言においてはじめて「葦原中国」とあらわされる。

「葦原中国」という世界としてあらわしだす世界関係、より端的にいえば、「葦原中国」をあらわしだすことにおいて意味をもつ「黄泉国」として、「黄泉国」はどのような世界としてかかわり「葦原中国」をどうあらわしだすのかと、問うべきであろう。

それは『古事記』の独自な問題だということも見忘れまい。前述したように(参照、第二章)、『日本書紀』には「黄泉国」という世界は認めがたい。

この問うべき方向乃至問いかたをあいまいにしては、「黄泉国」の問題の本質は見落されてしまう。現在なお主流となっていると認められる、「黄泉国」=横穴式古墳反映説の理解のしかたをこの点で批判しておかねばなるまい。

「黄泉国」についての描写・表現が横穴式古墳の葬制を反映したものと見る説、すなわち、イザナミがイザナキを出むかえたという「殿の縢戸《さしど》」とは古墳の入口を塞いだ蓋石、「殿」は玄室、「黄泉つひら坂」は羨道、「千引きの石」は羨道の閉塞石に対応するものだという理解は、『古事記』注解とし

ては次田潤『古事記新構』（大正十三年刊）が明確に示したところから始まると認められる。以来、この説が現行諸注にいたるまで強固で動かないものとなっている。たとえば、倉野憲司『古事記全註釈』（第二巻）は、

古事記の黄泉国神話には、横穴式古墳がその説明の一つの基礎となつてゐるのではなからうかと思はれる節がある。即ち「殿縢戸」といふのは古墳の入口を塞いだ蓋石に基づいた表現ではあるまいか。また一つ火をともして入り見たといふのも、古墳内部の暗さから来た表現であるまいか。

といい、日本古典集成本の頭注に、「殿の縢戸」について、

古墳の石棺への入口とも、殯の喪屋の入口とも見られる。

というごとく（古墳説・喪屋説の併記は、日本思想大系本も同じ）、横穴式古墳反映説は、程度の差はあれ、諸注に一貫する。もちろんこれに対する批判がなかったわけではない。たとえば、松村武雄『日本神話の研究』（第二巻）の批判は見過せない。すなわち、

諸神が訪れた他界としての黄泉国は、その表象に於て、確かに若干程度上代墳墓と関連してゐる。しかしそれは部分的であつて、全体的には該表象は現し国の諸事象に定礎されてゐる。

と、「古墳連想説は或る意味、或る程度に於ては真であり妥当である」としながらそれに一辺倒する「考説の行き過ぎ」を咎め、他方において、「他界の観念・信仰は、いづれの民族にあつても、墳墓の出現に先行してゐる」のであって、「従つて死者の世界の表象は、少くとも原初的には墳墓と無関係

に成立したといふこと」を考えて「古墳時代以前に眼を注ぐ」べきだとするのである。この批判は、しかし、少くとも部分的には正当な理解として古墳反映説を温存しながら、ただそれだけでは説明しきれないというかたちで、別な新しい説明の導入を促していく性格のものであった。そして、現に、古墳反映説のうえに、殯反映説を加味するというかっこうで解釈の方向は定着してきたのであった。さきに示した日本古典集成本の頭注などにその状況は端的に示されている。諸注のなかにあっては、西郷信綱『古事記注釈』（第二巻）のように、古墳反映説を切り捨てて専ら「モガリの説話化にほかならぬ」とするものもあるが、大勢は右のように見ておける。

しかし、古墳反映説にせよ、それに殯を加味するにせよ、あるいは専ら殯の反映と見るにせよ、「表象」の次元にとどまるだけで、本質には届かない論議といわねばならぬのではないか。問題の本質は、どのような事象を反映しているかということにあるのではない。『古事記』が独自に設定した神話的世界としての「黄泉国」のになう世界像の問題が本質なのだ。それを見忘れた論議は、矮小化にほかならぬであろう。

この点で、『シンポジウム日本の神話1　国生み神話』における大林太良氏の発言に注目しておきたい。

地上から黄泉の国に入るところにも、地上から海の国に入るところでも、そこに坂がある。そういうふうに考えてくると、これは従来いわれているように——ぼくもかつてはそう考えたのですけれども——後期古墳との関係で説明するというのは、ちょっと考慮を要するのではないか。ここで出てくるのは、むしろ宇宙像だ。海の国にしろ黄泉の国にしろ現世以外の国の入口には坂があって、そこでストップすることができるようになってるという構造なのではないか。とする。「宇宙像」というのは余りに一般化しすぎて問題を拡散させてしまうが、世界像——神話的世界の関係ということを中心に見るべきだという点では、正当な視点を示唆してくれる。

「葦原中国」に帰着するところを見るべきなのであって、一般的な「宇宙像」や世界像でないことはさきにのべた。要するに、「黄泉国」はどのような世界としてかかわり「葦原中国」をどうあらわしだすのかという世界関係を問うべきなのだと、あらためてたしかめたい。

2 地下世界説批判

「黄泉国」はどのような世界として「葦原中国」にかかわるか。この点で、「黄泉国」を地下世界として捉え、「葦原中国」と地上 — 地下の関係にあると見る定説は考えなおしていく必要がある。端的にいって、それは誤まっているのではないか。

「黄泉国」を地下の世界とすることを決定づけたのは、やはり『古事記伝』だと認められる。

さて祝辞に、吾名《アガノ》妹能《セノ》命波《ミコトハ》、上津《ウハツ》国乎《クニヲ》所知食倍志《シロシメスベシ》、吾波《アハ》下津《シタツ》国乎《クニヲ》所知《シラ》牟《ム》止《ト》申氏《マヲシテ》とのたまひ、又

欲ニ罷《マカラム》妣《ハヽノ》国《クニ》根《ネ》之《ノ》堅洲《カタス》国《クニ》一、と、須佐之男《スサノヲノ》命の詔へる（中略）などを以見れば、下方《シタベ》に在国《ル》なりけり、

と宣長はいう。二つの点がここに根拠として示されている。ひとつは、鎮火祭の祝詞において、イザナミの言として示されるなかで、イザナキの世界を「上津国」というのに対して、「黄泉国」に相当するところ――イザナミの側を「下津国」と呼ぶということである（当該本文は宣長の引用したとおり）。第二点は、スサノヲの言に「妣国根之堅州国」とあるということだが、宣長のいい方はきわめて簡略なのでやや補足を要する。つまり、スサノヲのいう「妣国根之堅州国」の「妣」はイザナミをさし、したがって「根之堅州国」はすなわち「黄泉国」のことであり、その「根之堅州国」の「根」とは「下つ底に有《ル》故に云《フ》」もので「根之堅州国」の地下たることは明らかだから、「黄泉国」も「下つ底」にある、と宣長はいうのである。「妣国根之堅州国」に対する『古事記伝』の注を見合わせるとこのような理解だとうけとられる。

地下たることを示す徴証について要点をおさえた説明であり、その後の論考でもこれをひきつぎ敷衍することによって「黄泉国」＝地下世界説は定着してきたのであった。たとえば、倉野憲司「古代人の異郷観」（『古典と上代精神』）は「黄泉国」の「性質」のひとつとして「地下にある世界」をあげるが、その論点は宣長のそれをそのまま踏襲する。宣長が決定づけたという所以である。

ただ、宣長が言及しなかったのは、その立場からして当然であろうが、「黄泉国」と書きあらわす「黄泉」の漢語としての意義もまた、地下説を採るものにとってはひとつの証とされる。「黄泉」は冥

界を意味する漢語、それによってヨミ（いわゆる被覆形ではヨモ）を翻訳したということができる。漢意《からごころ》を排さねばならぬという宣長の立場にあっては、表記における「黄泉」という漢語は当然考慮の対象とはならないが、翻訳であるにせよ、ヨミという世界をそれによってあらわしうるという意味の重なりを意識してのものと認めるべきではあろう。漢語「黄泉」の問題は、ヨミないしヨモツクニという神話的世界を考えるうえで排除されるべきではあるまい。

　ヨミに漢字「黄泉」をあてるとき、黄泉国は深い地下と観念されていたことは否定できない。漢語「黄泉《こうせん》」は「冥土」や「来世」という意味でもつかわれるがその本来の意味は「地下のいずみ」である。（荒川紘『古代日本人の宇宙観』）

と、漢語「黄泉」の意義を地下説の一証とするのは、論点の一つと認めて然るべきであろう。

　まとめていえば、（一）祝詞の「下津国」、（二）「妣国根之堅州国」、（三）漢語「黄泉」の三が、「黄泉国」＝地下世界なる定説を支えているわけである。

　だが、私は、これらは『古事記』の神話的世界としての「黄泉国」把握を正当に導いているといえないと考える。

　第一に、（一）や（三）は、直接無媒介に『古事記』の神話的世界の把握にもちこむことはできない。『古事記』独自の世界像として見なければならぬとさきにものべたが、その『古事記』の問題は、あくまで『古事記』自体において析出されねばならぬ。（一）や（三）は、せいぜい傍証という程度の意味しかない。そうした点での認識のなさが根本にあるといわねばなるまい。

第二に、『古事記』自体に即しての論点は（二）のみであるが、これも地下の徴証とするには無理がある。第六章に詳述するが、そもそも「根之堅州国」を地下の世界とは認めがたいのである。「根」は「下つ底」を示すのではなく、むしろ遠いはてにあるという意味だと捉えられる。加えて、「妣」ということを媒介として「黄泉国」と「根之堅州国」とを同一視することは、両者を異なった世界として設定する『古事記』の世界像に背反するといわざるをえない。「黄泉国」はイザナミが「黄泉津大神」（三九）として主宰する世界、「根之堅州国」は「須佐能男の命の坐す根の堅州国」（六二）であってスサノヲの主宰する世界なのである。一緒にするわけにはいかない。異なる世界だから全く異なる呼称をもつのだというべきでもあろう。以上、二重の意味で、「根之堅州国」という、『古事記』のなかから「黄泉国」地下説の証とされてきた論点には、根拠のないことが明らかであろう。

こうして、『古事記』の「黄泉国」について、これを地下世界と捉えることは、基本的な論証を欠くものだと、もはや断じてもよいであろう。

念おしの意味で、直接の論拠にはなりがたいといった（一）や（三）が、傍証としても地下の徴証にはなりがたいことをも見ておこう。

まず、（一）であるが、この祝詞の例は、イザナキ・イザナミのよるところを「上つ国」「下つ国」と相対的に示すのみであり、「下つ国」が地下だということには必ずしも直結できない。

つぎに、(二)だが、たしかに、漢語「黄泉」は、地下と解すべき場合がある。たとえば『春秋左氏伝』に、鄭の荘公が母の姜氏を幽閉して「不及黄泉、無相見也」と誓言をたてたが、のちに母に逢いたくなって自身の誓言を破るわけにいかず、「大隧之中」、つまり、地下のトンネルの中で逢ったとすることなど、「黄泉」の地下たることを明示する。しかし、「黄泉」の語が前掲荒川氏のいうように、元来「地下のいずみ」を意味するかどうか。いまの『春秋左氏伝』に対する服虔の注に、「天玄地黄、泉在地中、故言黄泉」というのは字義の説明であるが、これを見合わせれば疑問の余地なしとはしない。『淮南子』地形訓の例等をも含めて、ヨミの翻訳としての「黄泉」が、地下ということをも含むものかどうか、決め手に欠ける(参照、中鉢雅量「古代神話における楽園」『東方学』五八)。

(一)(三)ともに、傍証としても不十分なのである。

「黄泉国」=地下世界説は、こう検証してくれば、根拠なく、従いがたいといわざるえない。

3　平面的関係としての「黄泉国」—「葦原中国」

むしろ、地下とは別なかたちで見るべきことが、『古事記』に即して捉えだされよう。『古事記』においてみなければならぬのは、「黄泉国」が「黄泉つひら坂」を通じて「葦原中国」とかかわるところである。そこに、「黄泉国」の地下の世界ではないこと、具体的にいえば、「葦原中国」と同じ平面でかかわる世界であることは明確に認められるのではあるまいか。

「黄泉つひら坂」をめぐって、そうした点での発言はすでにある。

松岡静雄『日本古語大辞典』が、

我がヨミ神話には、少しも地下といふ趣は出て居らず、出雲からヨモツ平坂を越えて地続であるかのやうに物語られて居るのである。（「ヨモツクニ」の項）

といい、松村武雄『日本神話の研究』（第四巻）にも、

記・紀の神話によれば、黄泉国は地下に存するやうでもあれば、葦原中国と同一平面上の遠いところにあるやうにも思はれる。黄泉平坂の在り方がさう思はせるし、『古事記』神代巻の大国主神の神話でも、素戔鳥尊がそこまで追ひかけて来て大国主神に呼びかけたところとしての黄泉平坂は、この国土と平面的につながつてゐるやうな説きざまになつてゐる。


と説く。

ただ、この両者はともに印象批評的といわざるをえないが、「坂本」という点をおさえて、明快な論理性をもって論じたものとして、佐藤正英「黄泉国の在りか」（『現代思想』昭和五七年九月臨時増刊号）が注目される。

イザナキは「黄泉つひら坂」の「坂本」で、「黄泉国」の軍を撃退したのであった。

黄泉つひら坂の坂本に到りましし時に、その坂本なる桃の子を三箇《みつ》取らして待ち撃ちたまひしか

ば、ことごと坂を返りき。(三八)

という。「ことごと坂を返りき」には本文上の問題がある。真福寺本には「悉攻返也」とあり、これによれば、「攻め返しき」と訓むべきであって、「桃の子が八雷神と黄泉軍を残らず黄泉の国に攻め返した」と釈きうる(倉野憲司『古事記全註釈』)が、やや無理がのこる。『古事記伝』等に「逃げ返りき」とする所以である。だが、真福寺本の「攻」は、この前後の「坂」の字体と近似し、兼永本等にも「坂」とあるのをもって推せば、真福寺本が「坂」を「攻」と誤まったものというべきであり(この類の誤まりが真福寺本には多い)、「坂」をとるべきだろう。

その「坂本」であるが、坂の麓とうけとるべき語である。「黄泉国」が地下だとすると当然「黄泉つひら坂」は「黄泉国」のほうへ下っている坂でなければならないから、「坂本」とは整合しえなくなること、佐藤氏の説くとおりであろう。「黄泉つひら坂」の「坂本」、つまり、坂を下ってきた側に「葦原中国」はある。

イザナキの命は、黄泉比良坂を逃げ下ってきて、その麓にまで辿りつき、そこで「事戸を渡し」たのである。

と佐藤氏のいうのは首肯されよう。坂を上っていったむこう側に「黄泉国」はあるのだと認めて、ことは明らかであろう。

それは、スサノヲがオホナムヂを追いかけてきて呼びかけたところの「黄泉つひら坂」の問題によっても傍証される。さきに引いたように、松村武雄氏の「この国土と平面的につながつてゐるやうな説きざまになつてゐる」という発言のすでにあるところである。ただ傍証といわねばならぬのは、直接に「黄泉国」にかかわるものではないのであって、「黄泉国」の把握に無媒介にもちこむべきではないからである。

さて、そのスサノヲの追ってきた「黄泉つひら坂」であるが、

かれしかして、黄泉つひら坂に追ひ至りて、はろはろに望《みさ》けて呼ばひて、（六五）

という。「はろはろに望けて」（原文「遥望」）といわれるようなその「黄泉つひら坂」は、やはり下ってきたこちら側に「葦原中国」があるものとして、地下へ通じるようなものではありえない。

『古事記』における「望」の用例を見合わせてことは明瞭というべきであろう。

①当該例

②一時《あるとき》、天皇、近つ淡海《あふみ》の国に越え幸しし時に、宇遅野《うぢの》の上に御立たしまして、葛野《かづの》を望けて歌ひたまひしく、（「応神記」、一八六）

③河の辺に到りて、船に乗らむとする時に、その厳餝《かざ》れる処を望けて、（「応神記」、一九四）

④天皇、高殿に坐して、その黒日売の船出でて海に浮べるを望み瞻《み》て、歌ひたまひしく、（「仁徳記」、二〇六）

⑤淡道嶋に坐して、はろはろに望けて、歌ひたまひしく、（「仁徳記」、二〇七）

⑥波邇賦坂《はにふざか》に到りて、難波の宮を望み見たまへば、その火なほ炳《も》えたり。（「履中記」、二一〇）
⑦しかして、山の上に登りて、国内《くぬち》を望けたまへば、（「雄略記」、二四〇）
⑧命を望《あふぎま》ちつる間に、すでに多の年経たり。（「雄略記」、二四三）
⑨しかして、天皇、望けたまひて、（「雄略記」、二四八）
⑩茨田《まむた》の連小望《こもち》（「継体記」、二六五）

⑧、⑩の二つの例外を除いて（⑩は、人名だから慣用。訓字としては⑧のみ例外）、遠望の意で一貫する。ある広がりをもって見る場合であり、坂にかかわる時は⑥のように高みから見やることを了解できよう。そうしてなかで①を見るとき、「黄泉つひら坂」を下ってきた側に「葦原中国」があるものと了解されるべきである。

佐藤説に、かかる傍証を加えて、「黄泉国」は「黄泉つひら坂」のむこうにある、「葦原中国」と平面的にかかわる世界だと捉えることができる。

なお、ヨミ（ヨモ）の名義という点からの発言についても目を向けておく必要があるだろう。

井手至「所謂遠称の指示語ヲチ・ヲトの性格――上古における他界観念との関連において――」（『国語と国文学』昭和三五年八月）が、

上代の国語に、山岳的他界を意味する語として、山の意のヤマの母音交替によつて構成された語としてヨモ（ヨミの被覆形）があつたように、ヲト（ヲチの被覆形）は、海洋的他界を意味する語として、海の意を表わすワタの母音交替によつて構成された語であつたと見られないであろうか。上代において他界と観じられた山《ヤマ》と海《ワタ》とは、それぞれ他界を意味するヨミ（ヨモ）、ヲチ（ヲト）の語を分立せしめていたわけである。

と説いたところを援用して、佐藤正英前掲論文は、「黄泉つひら坂」を上へのぼっていった「山にあるところの他界」として「黄泉国」を捉えることへすすめるからである。

しかし、井手説は、語源論としては興味深いが、母音交替を前提としたところに不安をのこしている。また、「黄泉つひら坂」を上ったむこうを直ちに山として実体化して見るべきものでもない。ヨミ（ヨモ）に山の意味を認めて、「黄泉国」を山中世界とする説には、やはり消極的にならざるをえない。

大事なのは、〈クニ〉の次元で、「葦原中国」と上下の世界関係というのではなく同じ平面においてかかわるものとして、「黄泉国」の基本的なありようをおさえることであろう。

4　人間の死をもたらすもの

「黄泉国」は「葦原中国」と同じ平面でかかわる世界であるという点にこだわりつつのべてきたが、「黄泉国」がどのような世界として「葦原中国」にかかわってくるかという問題は、人間の死という点を本質として捉えられるべきであろう。「黄泉国」の意義の中心はそこにある。

「黄泉国」は人間の死をもたらすものとしてかかわる。

伊耶那美の命の言《の》らししく、「愛しきあがなせの命。かくせば、なが国の人草《ひとくさ》、一日《ひとひ》に千頭《ちがしら》絞り殺さむ」

しかして、伊耶那岐の命の詔らししく、「愛しきあがなに妹の命。なれしかせば、あれ一日に千《ち》五百《いほ》の産屋《うぶや》立てむ」

ここをもちて、一日に必ず千人死に、一日に必ず千五百人生るるぞ。(三九)

イザナミは「葦原中国」の「人草」の死をもたらし、イザナキは生をもたらし、かくて、人の生き死にする世界として「葦原中国」は存立する。「黄泉国」との直接の関係は遮断されるが、「黄泉津大神」イザナミによってもたらされた人間の死という問題とともに「葦原中国」は成り立つのである。現実の人の世界につながる神話的世界であることがそこに確認される。なお、そうした「黄泉国」として、「死《シニ》し人の往《ユキ》て居《ヲル》国なり」(『古事記伝』)と一般にいわれるのは適切かどうか、やや問題がのこ ろう。イザナミは「絞り殺さむ」とはいう。しかし、そうしてもたらされる死者の行く世界が「黄泉国」であることは自明なのか。『古事記』に即して明確なのは、「黄泉国」がイザナミの世界であり、それとかかわることによって「葦原中国」の「人草」の死がもたらされるということである。それ以上を含むものではない。

〈クニ〉において、「葦原中国」はどのようにしてありうるかを、「葦原中国」とはじめて顕わしつつ、かく示す。

「黄泉国」に対して「葦原中国」というとき、〈クニ〉における世界としての意味づけをすでに含むことは見忘れてはなるまい。ある意味で命名が本質だとすれば、「葦原中国」の名義こそ「葦原中国」把握の核心であるに外ならないともいえる。いま見るべきなのは、「葦原」を冠して呼ぶことの意義と、「中」の意義とであるが、それは〈クニ〉において他の世界を意識しながらの意味づけなのである。〈クニ〉において、という条件は見忘れてはなるまい。宣長が、

葦原《ノ》中《ツ》国とは、もと天つ神代に、高天原《タカマノハラ》よりいへる号《ナ》にして、此御国ながらいへる号《ナ》にはあらず、さて此号の意は、いといと上つ代には、四方《ヨモ》の海べたはことごとく葦原にて、其中に国処《クニドコロ》は在《リ》て、上方《カミツカタ》より見下《ミクダ》せば、葦原のめぐれる中に見えける故に、高天《ノ》原よりかくは名づけたるなり、（『国号考』）

というのは、その点では基本条件を見外したところの発言になってしまっている。「今此《コヽ》に天上《アメ》ならずして夜見《ノ》国にして、伊耶那岐《ノ》命の如此《カク》詔へるは、彼《ノ》天上にして云称《フナ》を、其《ノ》まゝ此方《コヽ》にても云ならへる世になりて語伝《リ》へし語なり」と（『古事記伝』）、宣長らしい目配りは利かせてはいるが、やはり、はじめて「葦原中国」とよび顕わす――命名することの意味を不当に軽視した強引な合理化といわざるをえない。〈クニ〉における意味づけたることを再確認しつつ、「中」は端ならぬナカの意と捉えた

い。つまり、〈クニ〉における中央として、「黄泉国」をそうでないものとしながら、価値づけをこめて示すのだと考える。「葦原」にもまた、負でなく正の意味あいを認めるべきなのは、ウマシアシカビヒコヂを想起するだけで十分であろう。後に（参照、第八章）あらためてふれたいが、アシは生命力を意味すると見ることができる。それが死に対して意味をもつことも否定しえないはずであろう。〈クニ〉において、中央なる、生命力に満ちた世界という価値づけが、「中」や「葦原」という命名にはあると認められる（「葦原」には、なお豊饒の始源の意を含意すると見るべきこと、第八章でのべる）。

そうした「葦原中国」としてよび顕わしたところを、人の死をはらむものとして定位していく。それが、「黄泉国」をつうじて「葦原中国」という世界をあらわしだすところだ、とまとめておきたい。

なお、付言する。「燭一火《ヒトツビトモシテ》とあれば、暗処《クラキトコロ》と見え」と、宣長『古事記伝』がのべたところは、たとえば、倉野憲司「古代人の異郷観」（前掲）でもこれを敷衍しつつ「黄泉国」の「性質」を「暗黒の世界」とするような形でうけつがれ、現行諸注にもおよんでいる（倉野『全註釈』、西郷『注釈』など）。それは、ヨミの名義論にも発展していくのである（宣長は夜見《ヨミ》説、西郷氏は闇《ヤミ》から転じたとする説に結びつけている）が、その把握は誤まっている。佐藤正英「黄泉国の在りか」（前掲）が批判するように、ひとつ火をともしたのは「殿」のうちが暗かったからであって——「一つ火燭《とも》して入り見たまふ」（三七）とあって明らかである——、別にこの世界が暗黒だというわけではない。

第六章 「根之堅州国」

——「葦原中国」の完成——

1 「根之堅州国」行きの発端

「根之堅州国《ねのかたすくに》」——『古事記』の神話的世界としてはこう示されるのであって、「根国」とは呼ばれない。『古事記』における用例は二例、原文では初出が「根之堅州国」とあり、もう一例が「根堅州国」とあって表記に小異がある。初出においては、「根」+「堅州」という語構成を明確にするために「之」をはさみ、あとの場合にはそれが必要なかったゆえと見られる。『日本書紀』では、『古事記』の「根之堅州国」に相当するものを「根国」ないし「根之国」と呼ぶ。「根之堅州国」は『古事記』としての独自な呼称である。これを明確にせずに、『古事記』『日本書紀』に通用させて「根の国」というような認識は、正当とはいいがたい。単に呼びかたの問題ではない。『古事記』『日本書紀』のそれぞれ独自な神話的世界像の問題として捉えるという立場にかかわるのである。『古事記』の神話的世界としては「根之堅州国」であることをあいまいにしてはなるまい。

「根之堅州国」はオホナムヂの赴いたところである。兄弟八十神の迫害をのがれて、オホナムヂは「根之堅州国」に赴くのであるが、

(母神がオホナムヂに)「いましは、ここにあらばつひに八十神《やそがみ》の為に滅ぼさえむ」とのらして、すなはち木の国の大屋毗古《おおやびこ》の神の御所《みもと》に違《たが》へ遣りたまひき。しかして、八十神覓《ま》ぎ追ひ臻《いた》りて、矢刺し乞ふ時に、木の俣より漏《く》き逃《の》がして云らししく、「須佐能男の命の坐す根の堅州国に参向ふべし。必ずその大神議《はか》りたまはむ」かれ、詔命《みことのり》のまにまに、須佐之男の命の御所《みもと》に参到《まゐた》れば、(六二)

という。「須佐能男の命の坐す根の堅州国」とは、さきに、イザナキから海原統治を委任されたスサノヲが「啼《な》きいさち」、「妣が国根の堅州国に罷らむとおもふ」(四四)といったとあるのと照応する。ただ、「根之堅州国」に到ったことはふれないままに、すでにそこに居るものとして示される。だが、それが唐突と見られるべきでなく、「葦原中国」にかかわるところのみを語る『古事記』のありようとして認められるべきことは前述した(参照、第三章)。

スサノヲの世界「根之堅州国」は、ここで実質的な意味をもってくるのであるが、オホナムヂの「根之堅州国」行きの発端にはなおこだわりたいところがある。

「根之堅州国」行きをオホナムヂに命じたのは誰なのかという問題である。これをオホヤビコとするのが通説といってよい。八十神がオホヤビコのところに追い到って矢をつがえてオホヤビコに乞う

た時木の俣から逃がして言ったと見るわけである。そうした解釈を現行諸注がほぼ一致して採る（古典全書本のみ例外――後述）。しかし、それでは「詔命のまにまに」（原文「随詔命而」）という「詔命」が不可解となる。「詔」にしても「命」にしても用いる対象は限定される。皇祖神ないし天皇か、それに準じる者について用いるのが用例の大部分である。上巻に限っていえば、天神、イザナキ、アマテラス、スサノヲ、アメノオシホミミ、高木神、ホノニニギが「詔」を用いられる存在である（のべ四十一例、当該例を除く）。スサノヲについて「詔」というのは（三例）、出雲に降ったときのアシナヅチ・テナヅチにたいする言（二例）と、須賀の地に宮を定めるときの言（一例）とであるが、

しかして、答へ詔らししく、

「あは、天照大御神のいろせぞ。かれ、今、天より降りましぬ」（五五）

という例に端的に見るように、アマテラスとの関係による待遇と認められる。つまり、「詔」は、天神ないしそれに準じるものにしか用いないということができる。また、「命」を発言について用いる場合（十七例）も、天神、イザナキ、アマテラス、高木神、天神の御子に限られるといってよい。大国主について、

わが父大国主の神の命に違はじ。（八六）

という、タケミナカタの言のなかの例だけが違例となるが、これは国譲りする主神たるにふさわしい待遇としての特例といえよう。「命」は、やはり、天神についてしか用いないのである。なお、「詔

命」と熟するのは、他に二例、上巻に「天神之詔命」とあるのと、下巻「安康記」の例（大長谷王＝雄略天皇についていう）とである。こうした状況を眺めてきて、オホヤビコについて「詔命」というのだとするには問題があるといわねばなるまい。むしろ、「詔命」からは、オホヤビコとは違う存在をうけとらねばならぬのではないか。

といって、宣長や古典全書本の「御祖の命」説もまた、問題を解消してくれるわけではない。宣長は、

　木の俣より漏き逃れて去りたまひき。御祖の命、み子に告云《のりたまは》く、「須佐能男の命の坐す根の堅州国に（以下略）（『古事記伝』の訓みに従って書き下した）

とする。「漏逃而去」の本文をとり、「御祖命告子云」の六字を、

　旧印本延佳本共に、此六字を脱《オト》せり、今は一本に依れり、（旧事紀にも此言あり）こは必有《スル》べし、無《ク》ては通《キコエ》ず、（『古事記伝』）

として補うのである。オホヤビコのところには到らずに中途で八十神が追いついたと解釈することと相まって、一貫して、御祖の命の役割を重視する理解のしかたというべきであろう。オホナムヂが八十神の迫害をうけて二度殺されたのを復活させるのに決定的な役割を演じたのは御祖の命であったことを考えると、この宣長の理解は故のないことではない。

はじめのときは、天に参上して、カムムスヒに請うてキサカヒヒメ・ウムカヒヒメの派遣によって

復活させ、二度目にも、大木に「拷ち殺」されたのを見いだして「その木を折きて取り出で活け」て、前に引いたように「いましは、ここにあらば云々」と告げてオホヤビコのもとへやろうとしたのであった。この文脈の流れからすれば、御祖の命によって「根之堅州国」行きが命じられたとうけとるのは不自然ではあるまい。

しかし、本文状況からすると、「去」も、「御祖命告子云」も採りがたい。「去」とするのは寛永版本・延佳本のごとく時代の下った諸本であり、あとの六字は、これをもつ本はない（『校本古事記』による）。「去」はまだしも、「無ては通ず」として六字を補ってしまうというのは武断に等しい。この点で、古典全書本は、「いましは、ここにあらば」以下「必ずその大神議りたまはむ」までの全体がひとつづきで母神のことばだとして、六字を補う無理を避けようとした。だが、本文的な無理は解消されるとしても、

爾の八十神、覓追ひ臻りて、矢刺乞ふ時は、木俣より漏き逃がれて去り、須佐の男の命の坐せる根の堅州国に参向ふべし。

と、母神が告げたのだというのもまた不自然を免れまい。

それもさりながら、なにより、たとえ御祖の命だとしても、「詔命」という表現の問題が解消されるわけではない。御祖の命にしても「詔命」をもって待遇されるような存在ではない。

旧説御祖の命でも、通説オホヤビコでもあわないのではないか。「詔命」と適合するのは天神だと

いう点からは、カムムスヒという可能性を考えうるかもしれない。ただ、いまの本文に即して見るかぎり、明快な解決は与えがたいというしかないであろう。「根之堅州国」行きの発端にはこのような問題がのこると確認するにとどめてすすめよう。

2　アシハラノシコヲという呼称

「根之堅州国」に赴いたオホナムヂについて、スサノヲの女スセリビメは、「出で見、目合《まぐあ》ひして相《あ》婚《は》して還り入りて」、「いと麗《うるは》しき神来ませり」と、父神に告げたのに対して、スサノヲは、

「こは、葦原の色許男《しこを》の命といふ」（六二）

と、いい顕わす。

それは、オホナムヂを「葦原中国」という世界をになうものとして呼び顕わすことであった。オホナムヂの世界が「葦原中国」であることは、それ自体としてでなく、他の世界とのかかわりにおいて示されるのであり、アシハラノシコヲという呼称がそこで意味をもつ。

アシハラノシコヲと呼ぶのはもう一例ある。スクナビコナのことを言上したところ、カムムスヒが、

「こは、まことにあが子ぞ。子の中にあが手俣《たなまた》よりくきし子ぞ。かれ、いまし葦原の色許男の命と兄弟《あにおと》となりて、その国を作り堅めよ」（七四）

と言ったとある。ここでは「高天原」から、大国主神（オホナムヂは、すでに八十神を放逐し、大国主と呼ばれる存在となっている）を、アシハラノシコヲと呼ぶわけである。

オホナムヂないし大国主が「葦原中国」をになうのであり、ことはその世界の問題なのだということを明示するのである。

アシハラノシコヲとは、大国主神の別名のひとつだというのは、『古事記』自体の示すところである。大国主神の「亦の名」のひとつとして掲げるのである（五八）。しかし、この系譜的記述における「亦の名」は、あとの物語のなかに出てくる呼称を集めたという以上の意味をもたない。正しくは、右に見たように、大国主となる以前のオホナムヂをもこう呼び、大国主神となったときにもこう呼ぶのであって、大国主神の別名と一般化できるものではない。そうした文脈的限定をはなれて、一般的に意味づけるのは危険であろう。たとえば、西郷信綱『古事記注釈』が、ヨモツシコメのそれと同じくシコヲは「鬼類、魔性のものの意」だとしながら、

天孫降臨にさいしタカミムスヒが「吾、葦原中国の邪しき鬼を撥ひ平けしめむと欲ふ。云々」（神代紀下）といっているのによっても、「葦原中国」が「鬼」たちの棲む地であったことを知りうる。その棟梁に擬せられたのが大国主神であったわけで、かくして大国主神の亦の名がアシハラシコヲであるゆえんが肯ける。

というのは、不当に拡大した一般化になってしまっていはしないか。「鬼」たちの「棟梁」だから大

国主をアシハラノシコヲというとするのでは、スサノヲが、大国主となる以前のオホナムヂを同じく呼ぶことが理解しがたくなるであろう。

大事なのは、世界関係が問題となるところで、オホナムヂ—大国主が「葦原中国」という世界の問題をになうことを示すということであろう。

その世界関係という点において、

　上に云る如く、此国を葦原《ノ》中国といふは、天上より呼《イフ》名なれば、此《ノ》神《ノ》名も、もと天《ツ》神たちの呼《イヒ》はじめたまへる名なるべし、

と、宣長がいい（『古事記伝』）、これをうけて「アシハラシコヲとは、高天原から命名された神の名であった」（上田正昭『日本神話』）というのは、一面的といわねばなるまい。「根之堅州国」との関係、すなわち、〈クニ〉の次元での世界関係を捨象してしまうのでは正当な把握にはならないであろう。

要するに、いま、「根之堅州国」のスサノヲが、「葦原の色許男の命」と呼ぶとき、「根之堅州国」と「葦原中国」とがここにかかわりをもつこととなったという、「葦原中国」をめぐる世界関係を明示するのである。

古典集成本の釈くような、

　これは、娘の「麗」とは逆の表現を父親があえてしたもので、娘をとられた父が、男に浴びせる悪口である。（「付録　神名の釈義」）

という文脈的意味は必ずしももたないのではなかろうか。もう一例のアシハラノシコヲには「悪口」は認めがたいのであり、不統一をおかすことになってしまうことになる。第一義的に世界関係という点をおさえれば十分ではないかと考える。

右の古典集成本の発言は、シコヲの理解にかかわるところが大きい。たしかに、シコヲのシコは用例に徴すれば醜悪の意であろうが、そう呼ぶとき、単なる蔑称というにとどまらず、そこに含まれる力を認めるところがあるのではないか。「勇猛《タケキ》を美《ホメ》て云り」と宣長がいうのは（『古事記伝』）、美称はあたらないにしても、「勇猛」はいいあてたところがあるとはいえまいか。スサノヲの課す試練をこえてゆくところ、そうした力が示し出されてくるわけだと考えられる。

3　「根之堅州国」地下説への疑問

「根之堅州国」はどのような世界として「葦原中国」とかかわってくるか。

「根之堅州国」を地下の世界と見ること、つまり、「葦原中国」とは地上—地下の関係をなすものとして捉えることはほぼ一般化しているといってよい。

しかし、それは正しいのであろうか。『古事記』において、そうした地下の世界として設定されたものと認めるべき徴証はどこにあるのか。『古事記』の表現に即して見て、それを見出すことはできないのではないか。

第一に、「根之堅州国」へ行くことの表現だが、オホヤビコが「須佐能男の命の坐す根の堅州国に参向ふべし」(六二)といい、これをうけてオホナムヂが「詔命のまにまに、須佐之男の命の御所に参到れば……」(六二)とある。「参向」「参到」というこの表現が、「根之堅州国」との垂直的関係を含意しないことというまでもない。「高天原」についてはつねにそこから「天降り」(一八等)、そこへ「参上り」(三〇等)と表現されることをあわせ見るならば、それはいっそう明らかになろう。

第二に、オホナムヂが訪れた「根之堅州国」について地下を明証する表現は認めがたい。「根之堅州国」について具体的に語られるのはオホナムヂ訪問の件り(六二〜六五)のみであるが、柳田国男が「大穴牟遅の訪問された根の国は、十分に明るかった」という(「鼠の浄土」『海上の道』)ように、地下を印象づけるものはない。つまり、「大野」(六三)があり、「むくの木の実」(六四)があり、「逃げ出でます時に、その天の沼琴樹に払れて地動み鳴りき」(六四)ともいうが、それらはあくまで地上的である。ただ、それが直ちに「根之堅州国」の地下たることの否定に結びつくわけではない。松前健氏が、

地下の世界だとすれば、もっと暗く陰惨でなければならないという人もいようが、メラネシアやニューギニアなどの、洞穴や噴火口を通じて行く地下世界、死者の国は、必ずしも暗黒ではなく、地上と殆んど同じくらいの明るさを持つ国であるとされ、またそこに住む霊達も、現世の人間と

同様に、狩をしたり、畑作をしたり、漁撈を行なったり、また結婚も死も行なわれると信じられている。

というように（「大己貴命崇拝とその神話の形成」『日本神話の形成』）、地下の世界が地上世界の素朴な反映のかたちで表象されることはありうるからである。だが、そのような地下の世界として見るべきだということをもとめ、明示するところは『古事記』のこの一段のうちのどこにもないのではないか。

地下の大広間らしい八田間の大室とか、地下界との現世との境界をなす坂らしい黄泉平坂の存在、地下の霊物である蛇・蜈蚣・鼠の登場など

を挙げて、松前氏は「地下の国の様相を帯びている」というのだが（前掲論文）、それらは地下の証明とは認めがたい。

まず、「八田間《やたま》の大室《おほむろ》」についていえば、「その神の髪を握り、その室の椽《たりき》ごとに結び著けて」（六四）というのだから「椽」があり、また、「その室を引き仆《たふ》したまひき」（六四）というのであって、「忍坂の大室」のような洞窟を考えるわけにはいかない。

つぎに、蛇等を「地下の霊物」というのは、西郷『注釈』にも、

蛇・ムカデ・蜂がここに出てくるのは、たんに人間に害を与えるからではなく、それらが土中穴居の毒虫であったからに他ならぬ。そして次は、「穴居小獣」たる鼠の出番であったというわけ

である。

とするのと軌を一にするが「地下」なるもの乃至「土中穴居」の存在としてというより、やはりオホナムヂの試練に応わしかるべきものとして問題にすべきではなかろうか。つまり、『古事記伝』の挙げたように、ニギハヤヒのもたらした瑞宝十種（『先代旧事本紀』、『令集解』など）のうちに、「蛇比礼一、蜂比礼一」があるのと対応さすべきであり、

世人の害をなす物は、種々多かる中に此《ノ》三《ノ》虫（蛇呉公蜂）をしも云る由《ユヱ》は、上《ツ》代に、民の家居などはかぐ〳〵しからで、野山にまじり住しほどは、此等《コレラノ》物の害ぞ常多かりけむ、さればこそ大祓詞《ノ》にも、昆虫之災《ハフムシノワザハヒ》を挙げ、右の十種《ノ》宝の中にも、此《レ》等を撥《フ》比礼は有《ル》なりけれ、

と（『古事記伝』）見るべきものなのではなかろうか。これもやはり地下の証とはいえないであろう。かくてあらためて、「根之堅州国」の描写を通じて、これを地下の世界として見るべきことをもとめるところはないといってよかろう。

第三に、「黄泉つひら坂」は、

素戔烏尊がそこまで追ひかけて来て大国主に呼びかけたところとしての黄泉平坂は、この国土と平面的につながつてゐるやうな説きざまになつてゐる。

と松村武雄『日本神話の研究』（第四巻）が説いたのに従うべきことは前にふれた（参照、第五章）。

以上、三点にわたってのべてきたところ、『古事記』の表現に即しては「根之堅州国」が地下の世

界として設定されたという徴証は見出しえず、むしろ、「黄泉つひら坂」の問題の示すところに従って地下ということを疑うべきではないかということになる。

4　「根之堅州国」の名義

ここまできて名義の問題を正面にすえねばならなくなる。「根之堅州国」を地下の世界と捉えることは、表現よりも、

根とは、下つ底に有《ル》故に云《フ》、〔草木の根もおなじ、〕

という根の語義についての理解（『古事記伝』）を基本的な拠りどころとするのである。この検証ぬきにはすすめない。

宣長はみぎに引用したのにつづいてこういう。

底津根之国とも、祝詞に根国底国ともあり、（中略）堅州国は、片隅国の意なり、そは横の隅にはあらで堅の片隅にて、下つ底の方を云なり、

要するに、地底の片隅の国として、「根之堅州国」の名義をおさえるのだが、この宣長の解釈は現行諸注にまで及ぶところとなっている。すなわち、倉野『全註釈』、西郷『注釈』がこの解をとる。

これに対して、「根」を地底と解することは同じであるが、「堅州」の解釈をめぐって、現行諸注の

多くは、宣長とは違う方向へ向おうとしているかに見える。すなわち、古典全書本は、「地底の固い砂の意」とし、古典集成本は、「地底の堅い州《す》の国」とするのであって、日本思想大系本も集成本に同じる。また、『日本書紀』日本古典文学大系本補注（大野晋氏）は、

根は、根本の意で、本貫というような意味をもつ語であるから、あるいは母の国なる大地の意と見る方がよいかもしれない。

としていたが、『岩波古語辞典』では、より明確にその立場を一貫させて、

ネはナ（大地）の転。カタスクニは方ッ国の転か。大地の方角にある国の意で、現世の地上の国に対して、地下の国。

と釈く。

「根」を地下（地底）とすることで共通しながら、「堅州」をめぐってさまざまに理解のわかれる状況として見ながら、根＝地下ということ自体が、はたして動かないたしかなことなのかと問いなおすこともふくめて検証したいと思う。

まず、原文では「根之堅州国」「根堅州国」とする、その用字そのものに即して、基本的な前提とすべきことを二点確認しておくことができる。

第一は、「根之堅州国」の「之」は、「根」と「堅州」とがいわば意味単位であり、「根」が「堅州」を修飾するという構成において把握されるべきことを示しているということである。こうして意味単

位と構成とを明確にして、たとえば、「根堅―州」といった誤解を避けうることを、任意の一例を挙げていえば「天之御中主神」における「之」のはたらき等に一貫するところで捉えることができる。はじめにのべたが、再出の例に「之」がないのは、初出で意味単位と構成とを明確にしておけば、あとは必要なかったからだといえようか。この点をおさえておくならば、「根の堅い洲の国」（吉野裕「根ノ堅洲国は根ノ国ではないことの論」『文学』昭和五二年七月）というような解釈は、成りたちようのないものであることも明らかといえよう。

第二は、「堅州」というこの意味単位は、「堅」「州」ともに正訓字として把握されるべきだということである。「堅」は、『古事記』中の用例は、当面の「堅州国」二例を除けば十三例、すべて「天の堅石」（五〇。原文「天堅石」）のごとき訓字で、字本来のカタイという意味をもって用いられる。カタの借訓の如き例はなく、ここでも正訓と見るのが、用字の傾向に叶った把握というべきであろう。いっぽうの「州」は当該の二例を除いて五例存する。見るようにすべて音仮名のスとして用いられるものである。

①国稚く、浮ける脂のごとくして、くらげなすただよへる時に、（二六。原文「国稚如浮脂而久羅下那州多陀用弊流之時」）

②科野の国の州羽の海に迫《せ》め到りて、（八六）

③凝烟を訓みてススといふ。（八七。原文分注「訓凝烟云州須」）

④⑤氷羽州比売の命（ともに一四一）

しかし、だからといってここも音仮名だということにはならない。右の例は、すべて国語の仮名表記や人名・地名という音仮名の連続のなかで用いられるのである。「堅州」というような、訓字と見るべきものを上におく字のつながりは、これらとは異なるといわねばならぬ。序文には「大八州」（一九）と訓字の例があるのだから、「堅」「州」ともに正訓字として、「堅州」というこの意味単位を見るのが穏かであろう。

右のような前提にたってすすめるならば、第二点から帰するところ、「堅州」は、堅い州の意とするのがもっとも自然な解釈というべきではなかろうか。「方ッ国の転」（『岩波古語辞典』）というのでは「堅」の字義にもそぐわず「州」も説明できないし、「固い砂」（古典全書本）とするときには、訓字＋音仮名（乃至借訓字）と見るわけであるが、これも「州」の用法にそぐわなさがのこる。また、「片隅」の意（借訓字）とするのも、ともに借訓字と見るようなその把握は、のべたような用字状況に徴して肯いがたい。

しかし、それをもって、「根之堅州国」は地底の堅い州の国として解すべきだということに帰着することにもまたならない。

「水中可居曰州」（『説文解字』）という。なかすである。周りが水なのである。地底にそうした州があるとはどういうことか。地底の堅い州の国、と解するとき、そのような不審をかかえこむことになるが、古典集成本にしても思想大系本にしても、それを説明してくれるわけではない。この不審をそのままにしてかかる理解に従うことはできない。おそらくそうした不審ゆえに、「堅州」を借訓で理解するというようなまわり道をとって宣長説が出てくるのではなかろうか。

ならば、「堅州」＝堅い州、から転じて、宣長等の試みた別な理解の途を試みるべきか。それも、用字上からは無理をおさざるをえないことになる。

かくて、「根」＝地下、という、諸注をつうじてほぼ共通の理解を得ていると見られるところを問い直していくべきであろうと考える。

これまでに別な理解の可能性が提示されてこなかったわけではない。

たとえば、前に掲げた『岩波古語辞典』は、「ネはナ（大地）の転」という。しかし、そこから導かれる結論自体は、地下の世界ということを別なかたちで理解することにはならないうえに、その存在を確認できないような語＝「な」の想定に立脚するという前提そのものの危うさには従いがたいというほかない。

あるいは、古代朝鮮語との類比によって理解しようとした三品彰英「天ノ岩戸がくれの物語」（『建国神話の諸問題』「三品彰英論文集」第二巻）の説もある。

ネノ国の原義は古代朝鮮語の na, nai, ne（水辺の平地すなわち穀物栽培可能の沖積地を意味し、対馬の地名に多い何根《ネ》、何浦《ナ》などの根・浦も同系である）と比較して理解できよう。

というのだが、これによれば「堅州」とも整合して理解しうる点が魅力的ではある。しかし、古代朝鮮語を無媒介にもちこむわけにはいくまい。「さな葛の根」（一九四。原文「佐那此二字以音。葛根」）等、神人名を除けばすべて訓字であり、ここも訓字として見られるべき「根」によって、そしてそれが「堅州」を修飾することによって、『古事記』としてどのような世界をあらわそうとしたのかが問題なのである。それが本源的に出てきたところと、『古事記』に即した問題とはやはり区別しておくべきであろう。

同じことは、柳田国男「根の国の話」（『海上の道』）によって提起され、少くない支持を得ている、ニライ（ニルヤ）と関係づける説――、

　ニライもしくはニルヤと呼ぶ海上の霊地の名は、多分は我々の根の国のネと、同じ言葉の次々の変化であらう。

にもいわねばならぬ。

『古事記』の設定として把握すること、それは「根」と書きあらわされるものにこだわりつつ、「堅州」との整合をもとめることでなくてはならぬであろう。

この点ではやはり宣長説にたちもどるところから始めるべきであろう。宣長は、古代文献の用例に即したところで、「根」の地下たることを証しようとし、それゆえにそれは現行諸注を規制するまでに及んでいるのである。

前に引いたように、宣長は、草木の根との類比をいいつつ、その根拠としては二点を挙げる。すなわち、『日本書紀』に「底つ根の国」（原文「底根之国」）とあること（第七段一書の第三）、及び、祝詞「大祓詞」に「根の国・底の国」（原文「根国底之国」）とあることである。つまり、これらによって「根」はイコール底と理解しうるのであり、底＝下つ底なるがゆえに、地下たることの明証だといわんとするのである。

だが、その宣長の拠ったところの見直しから、新しい理解の可能性がひらかれていく。

「大祓詞」の「根の国・底の国」は、その文脈に従って理解するならば、「下つ底」とは認めがたいのである。「大祓詞」の結びの部分、「天の下四方の国には、罪といふ罪はあらじ」と罪を祓うことをのべてこういう。

高山・短《ひき》山の末より、さくなだりに落ちたぎつ速川の瀬に坐す瀬織つひめといふ神、大海の原に持ち出でなむ。かく持ち出で往なば、荒塩の塩の八百道《やほぢ》の、八塩道の八百会《やほあひ》に坐す速開《あき》つひめといふ神、持ちかか呑みてむ。かくかか呑みては、気吹戸《いぶきど》に坐す気吹戸主といふ神、根の国・底の国に気吹き放ちてむ。かく気吹き放ちては、根の国・底の国に坐す速さすらひめといふ神、持ちさすらひ失ひてむ。かく失ひては、天皇《すめら》が朝廷《みかど》に仕へまつる官官《つかさづかさ》の人等《ども》を始めて、天の下四方には、今日より始めて罪といふ罪はあらじと、（以下略）

ここでは、罪は、川、海、八塩道の八百会とはこばれ、イブキドヌシによって吹きはらわれて根の国・底の国に至り、そこで失われるのである。「根の国・底の国に気吹き放ちてむ」というとき、遠く、かなたの手のとどきようのないところに吹き払うという以外の意味を認めうるであろうか。海底に吹きこむとでもいうのか。それでは不自然に過ぎよう。底＝下ということにとらわれない限り右のように捉えるのが自然な方向だといってよい。

それは、一方で、底＝下にとらわれるべきではないという「底」の例を認めることによって、他方で、根の国の「根」にかかわる独自なニュアンスを見ることによって、いっそう確かなものとなる。

まず、「底」については、これを必ずしも垂直的に下とうけとるべきとは限らないこと、

凡て底《ソコ》とは、上にまれ下にまれ横にまれ、至《イタ》り極《キハ》まる処を、何方《イツカタ》にても云り、万葉十五に、安米《アメ》都知乃曽許比能宇良爾《ツチノソコヒノウラニ》とあるを以て、天《アメ》にも云べきことを知ルべし、紫式部ヵ日記に、そこひも知らず清《キヨ》らなると云るも、限リもなくと云に同じ、源氏ノ物語などにも此詞あり、又六藤原ノ宇合《ウマカヒ》ノ卿、西海道ノ節度使に罷《マカ》らるゝときの、高橋ノ連蟲万呂の長哥に、筑紫爾至《ツクシニイタリ》、山乃曽伎《ヤマノソキ》、野乃衣寸見世《ヌノソキミヨ》常《ト》、伴部乎《トモノヲヽ》、班遣之《アカチツカハシ》、とある曽伎《ソキ》も極《キハ》みを云て同じことなり、

と、宣長のいうところでもある。松村武雄『日本神話の研究』(第四巻)も、これを再確認して、「底」は、「単に遠く離れた状態を指表する語辞」であり、「底の国」も「必ずしも地下の国たるを要しない」という。「大祓詞」の「底の国」の「底」も、こう見れば合う。海原のさらにむこう、罪もそこまで行けば失われるさいはてをいうのではないか。

また別な例をもっていえば、『播磨国風土記』(『釈日本紀』所引逸文)に、新羅を「ひひら木の八尋桙根底附かぬ国」というのものべてきたことを補強してくれよう。「底附かぬ」は広さの形容だが、その「底」はやはり下方とは限らない。

つぎに、「根」についてであるが、『日本書紀』にあって、根の国に、「遠」を冠することが注目される。すなわち、

「汝《いまし》、甚だ無道《あづきな》し。以て宇宙《あめのした》に君臨《きみ》たるべからず。固《まこと》に当《まさ》に遠く根国《ねのくに》に適《い》ね」とのたまひて、遂に逐《やら》ひき。(第五段本文、八八)

「仮使《たとひ》、汝此の国を治《し》らば、必ず残《そこな》ひ傷《やぶ》る所多けむとおもふ。故、汝は、以て極めて遠き根国を馭《しら》すべし」(第五段一書の第二、八八)

という。ともにスサノヲの追放をいうなかにあるが、特に前者は本文の展開において、「宇宙」=天下との世界関係を規定するものである。「宇宙」に対して「遠」と規定される根の国——一書において、「此の国」に対して「極遠」と規定する(原文「極遠之根国」)のはこれと軌を一にする——である。その「遠」「極遠」と、「底根の国」の「底」とがいわば等価であることは、前述のような「底」の理解からおのずと諒解されるところでもある。『日本書紀』の問題を無媒介に『古事記』にもちこむわけにはいかないが、「根」を考える参考としてこれらを見合わせることは許されよう。

以上をふまえていえば、「大祓詞」の「根の国・底の国」は、根の国=底の国と、同格に解される

べきことというまでもないが、その「底」も「根」も、さいはてを意味するものというべきであろう。そして「大祓詞」では、『古事記』のスサノヲの世界と同じものを、固有に意味するものではなく、いわば普通名詞としてうけとられてよい。

「根の国」が固有名詞でなく、普通名詞であって、

その語の置かれた文脈によって、それは、あるいは葦原中国をさし示し、あるいはより限定されて出雲をさし示し、またあるいは海の彼方をさし示すのである。

とは、出雲路修「日本書紀・神話的世界の構造」(『国文学』昭和五九年九月)の説くところであるが、いま私は「大祓詞」の「根の国」に限定するところでこれを支持したい。それは、海のかなた、さいはての世界という以上の意味をもたないのではないか。草木の根はたしかに土中にあるが、それも本体のはてなるがゆえに「根」なのではないかといえる。「根」であらわすものをそこに見つつ「下つ底に有《ル》故に」(宣長)「根」というとするような理解へのとらわれから解放されるべきであろう。

「根之堅州国」とは、はるか果てにある堅い州の国を意味するということができる。「堅州はなかすだが、「大祓詞」のいうのと同じく海のかなたにあるものとして捉えねばならぬというのではなく、『古事記』の設定としては、「黄泉つひら坂」のむこうとして捉えられればよい。「堅州」において地下ではないことを明示しているのは見た通りであるが、「堅」には「堅固性の讃美的表現」(松村武雄『日本神話の研究』第四巻)たることを認めてよいと思われる。

「葦原中国」と同じ〈クニ〉の世界であり、水平的につながるといってよい。前に引いた松村武雄氏の発言や、大林太良「葦原醜男と青年戦士集団」(『日本神話の構造』)が「当該記事によるかぎり、この国土に対して何等垂直的な関係にあることは考えられておらず、むしろ水平的な、はるかな異郷である」というところが正しくいいあてているのである。

5 「葦原中国」の完成

「根之堅州国」は、「葦原中国」からそこへ行き、帰るのであり、そうすることが、「葦原中国」の問題として意味をもつ。いいかえれば、「葦原中国」の物語の一環として、「根之堅州国」とのかかわりは語られる。問わねばならぬのは、「根之堅州国」とのかかわりが、「葦原中国」の問題としてどのような意味をもつかということなのである。

端的にいえば、「根之堅州国」は、オホナムヂが、「大国主」となりうる力を保証する世界である。そこで妻を得、生大刀《いくたち》・生弓矢《いくゆみや》と天の沼琴とを得ることによって、オホナムヂは「大国主《おほくにぬし》」、すなわち「葦原中国」の完成者となりえた。

オホナムヂから大国主、つまり偉大な王者へと、「兄弟八十神」を逐い、「みな、国は大国主の神に避」る(五八)ことによってその成長ははたされる。それは、かれ、この大国主の神の兄弟八十神坐しき。しかれども、みな、国は大国主の神に避りまつりき。

避りまつりしゆゑは、（五八）

と語りおこして、稲羽の素兎の話、八十神による迫害から「根之堅州国」行きを通じて語られる。生大刀・生弓矢と天の沼琴とを持ち、スセリビメを負って逃げたオホナムヂに向かって、スサノヲは、

「その、なが持てる生大刀・生弓矢もちて、なが庶兄弟《ままあにおと》は、坂の御尾《みお》に追ひ伏せ、また河の瀬に追ひ撥《はら》ひて、おれ、大国主の神となり、また宇都志国玉《うつしくにたま》の神となりて、そのわが女、須世理毗売《すせりびめ》を適妻《むかひめ》として、宇迦《うか》の山の山本に、底つ石根に宮柱ふとしり、高天の原に氷椽《ひぎ》たかしりて居れ。

この奴や」（六五）

と呼びかけ、その後に、

かれ、その大刀・弓を持ち、その八十神を追ひ避くる時に、坂の御尾ごとに追ひ伏せ、河の瀬ごとに追ひ撥ひて、始めて国を作りたまひき。（六五）

とあって、「避りまつりしゆゑ」は語りおえられるのである。「根之堅州国」から得た力によって保証されて、「葦原中国」の統一的全体的な支配者＝大国主となるという次第である。

そのようにして大国主となることは、「始めて国を作りたまひき」と表現される。原文「始作国也」とあるが、宣長はこれを「国作り始めたまひき」と訓んだ（『古事記伝』）。「かくて下に此《ノ》国作《リ》賜ふ事の定《サダ》あり」というように、以下のスクナビコナ、御諸山の神との国作りへの文脈的なつながりを認め

てのゆえであった。その文脈的なおさえ方は失当ではない。しかし、「国作り始めたまひき」という訓みは不自然をおかしているというほかない。「始」の位置からすれば次の動詞を修飾すると見るのが自然であろう。たとえば、

かれ、今高往《たかゆ》く鵠《くくひ》の音《こゑ》を聞きて、始めてあぎとひたまひき。（「垂仁記」、一四九）

などと同じである（原文「始為阿芸登比」）。以下にくり返される国づくりのはじめをいうとうけとられる。

いまの場合でいえば、「葦原中国」の統一的な支配者（大国主）としてはじめて国をつくったのであり、このあとにスクナビコナと「相並びて、この国を作り堅め」（七四）、また、「海を光らして依り来る神」を御諸山の上に祭って国を「共与に相作り成」す（七五）という、二度にわたる大国主の国づくりがなされたわけである。

「葦原中国」全体の統一的支配の達成ということから、スクナビコナ・御諸山の神との国作りまで、ひとつながりとしてみるべきであろう。それは、「黄泉国」を訪れたイザナキの言、「あとなと作れる国、いまだ作り竟へず」（三七）と相応じ（このことは『古事記伝』の示すところ）、さらに遡ってイザナキ・イザナミに対する天神の命、「このただよへる国を修理《おさ》め固め成せ」（二七）と照応するのであって、つまりは、イザナキ・イザナミによってはつくりおえられずにあった「葦原中国」の、世界としての完成を語る。それをあらしめた根源的な力が「根之堅州国」からもたらされるのであり、

そこに「堅」の讃美を負う所以を見ておくべきでもあろう。

こうして、〈クニ〉における世界関係において、「葦原中国」の、世界としての完成を定位するところに、「根之堅州国」とのかかわりの意義を捉えてまとめとしたい。

ちなみに、『日本書紀』の「根国」であるが、「天」―「天下」の世界の秩序の外として示されるのみなのである（参照、第二章）。スサノヲがその「無道」のゆえに、「固《まこと》に当《まさ》に遠く根国に適《い》ね」（第五段、八八）と放逐され、アメノイハヤト・ヤマタノヲロチの件りを経て「遂に根国に就《い》でましぬ」（第八段、一二三）というだけで「根国」について語ることはおわる。みてきたような、『古事記』の「根之堅州国」とは根本的に異なる神話的世界として見定めておきたい。

第七章　〈ワタツミノ神の国〉

――アマツヒコの定位――

1　海底説の見直し

大国主神の完成した「葦原中国」は、ヒコホノニニギ命によって所有されることとなった。「高天原」のアマテラスの秩序が「葦原中国」をも貫くという世界関係を根源として、「天つ神の御子」たることが、その支配の正統性を保障するのであるが、アマツヒコと呼ぶことにおいて、「天つ神の御子」であることは標示される。すなわち、アマツヒコヒコホノニニギ―アマツヒコヒコホホデミ―アマツヒコヒコナギサタケウカヤフキアヘズの、いわゆる日向三代は、アマツヒコとして、正統に「葦原中国」を支配する存在たることを示すところに、その呼称の第一義的な意義がある。第二代が火中出産という背景ゆえにホヲリの名を負うにかかわらず、アマツヒコヒコホホデミとして位置づけられることによって「葦原中国」の支配者アマツヒコの物語の一環をになう所以である。

そのアマツヒコたちの物語を通じて「葦原中国」はどのように定位されるか。ホホデミの〈ワタツミノ神の国〉（この呼称については参照、第三章）訪問は、そうした視点で見ていかねばなるまい。〈クニ〉における神話的世界として、「黄泉国」、「根之堅州国」とともに、「葦原中国」にかかわる〈ワタツミノ神の国〉は、前二者と同じく、「葦原中国」からそこへ行き帰るのであり、座標はあくまで「葦原中国」に置いて見定められる必要がある。かかる視点にたって、〈ワタツミノ神の国〉は、どのような世界を、「葦原中国」とのどのようなかかわりかたであらわし、それによってなにをになっているか、を問うべきなのである。

まず、〈ワタツミノ神の国〉は、海の中、海底にある世界だとするのが、現在の通説と認められるが、その見直しからすすめたい。

海底説は宣長の明快な断案が決定づけたものであった。『古事記伝』にいう。

海神《ワタノカミ》の宮は、海の底にある国なり、（中略）近き代のなまさかしき人の心には、水《ノ》中に宮室《ミヤ》などのあるべき理《リ》なし、と思ひとるから、かの竜宮などの説を信《ウケ》ず、此《ノ》段の事をも、実は海底《ノ》には非ずとして、或は薩摩《ノ》国近き一《ッ》の島なりといひ、或は琉球国なりといひ、或は対馬なりなども云て、其《ノ》証《シルシ》などをも、とりぐ〳〵に云めれど、凡てさる類は、皆古《ヘノ》伝《ヘ》に背《ソム》ける、例の儒者意の私事《ワタクシゴト》なり、さばかりさかしく、漢めきて書れたる書紀にすら、内《イレテ》㆓彦火々出見尊《ノ》籠《ヲノ》中《ニ》㆒、沈《ム》㆓之于海《ニ》㆒、また海底《ノニ》有《リ》㆓可怜《ウマシ》小《ヲ》汀《ハマ》㆒、などあれば、海底《ノ》なることは、これらの語にても、しるきものをや、

実在の地に比定する論議は、宣長の挙げた外にもおこなわれた。それは、たとえば、松村武雄『日

本神話の研究』（第四巻）が、六説にわけて整理したものでも見ることができるが、そのような論議が神話的世界に対して意味をもたないことは宣長のいうとおりであろう。しかし、海の底というのは、それほど問題の余地ないものなのか。

〈ワタツミノ神の国〉へは、「船を押し流さば、ややしまし往」して、「味御路」に「乗」って行くのである。宣長は、「水《ノ》中なる故に、乗《ノル》と云る、おもしろし」というが、それは海底ということを自明の前提としての言ではないか。宣長自身も掲げた、「海原乃　路爾乗哉」という『万葉集』巻十一、二三六七歌の例と異なるところがあると、その前提ぬきにどうしていえようか。「御路」は潮道と解すべく、とすれば、潮の流れに乗って行くのであり、そこには海底へ行くという徴証は認めがたい。むしろ、海のかなたという以外のことはうけとれないであろう。

『日本書紀』が海底たることを明示する（宣長の示した通り）のとは違う『古事記』の問題として、この点が取り上げられてこなかったわけではない。はやく倉野憲司「古代人の異郷観」（『古典と上代精神』）が、当の〈ワタツミノ神の国〉行きの件りと、『万葉集』巻九、一七四〇歌「詠水江浦嶋子」の歌とをあわせ示しながら、そこでは、

　海神の宮は「海上」に浮かんでゐるもののやうに思はれる。

といい、『古事全註釈』（第四巻）では、やはりこの〈ワタツミノ神の国〉へ赴くところをもって、

　ここでは海神の国を海上遥かあなた潮の八百路の先にある国としてゐるのである。

という。また、松村武雄『日本神話の研究』(第三巻)も、『古事記』の右の箇所とともに、『日本書紀』第四の一書を挙げて、

乗物は水平に進み行いた体となつて居り、(中略)海面を平らに進んだやうな語りざまである。

と指摘する。だが、倉野・松村両氏とも、この点を認めつつも、『日本書紀』に明示される海底と何れが本来のものかという方向へ論議をすすめ、海底にあるのが元来の姿だと帰結し、結局はここに主眼をおいて捉えるのである。倉野氏の場合、「古代人の異郷観」と『古事記全註釈』とでは若干異なっているところがある。前者では、『日本書紀』の海底説を元来の姿として専ら論じたのに対して、後者ではその見解をなお保ちながら、『古事記』が、あいまいであって、「初めのうちは海の彼方にあるとしてゐる」のだという。ただ、結局、海底と見ることは変わらない。

しかし、『古事記』において設定された神話的世界として捉えようとするならば、『古事記』自身の示すところに即して、あくまでこれにこだわって見るべきではなかろうか。海底というのは見直されるべきではないか。

2 海のかなたの世界

海底でなく、海のかなた、潮路のさきにある世界として設定されているのが、『古事記』の〈ワタ

ツミノ神の国〉だと認められる。

まず、第一に、倉野・松村両氏もいう如く、『古事記』の表現に即して、〈ワタツミノ神の国〉へは、海上を潮路に乗ってすすむとうけとるしかないであろう。その『古事記』自身の示すところに従うべきではなかろうか。

第二に、右を補足する意味で、「葦原中国」と〈ワタツミノ神の国〉との往来の表現に即しても、両世界の上下の垂直的関係を表示するものは認めがたいということが挙げられる。列挙すれば、

(1)上《うは》つ国に出幸《いでま》さむとしたまふ。(一〇三)
(2)豊玉毗《とよたまび》売《め》の命みづから参出《まゐい》でて、(一〇四)
(3)参出で到れり。(一〇四)
(4)海つ道《ぢ》を通して往来《かよ》はむとおもひき。(一〇五)
(5)海坂《うなさか》を塞へて返り入りましき。(一〇五)

と、「出」「入」をもってあらわされる。たとえば「入」とはその世界の領域に入ることであって、イザナミが「黄泉国」までイザナキがやってきたことに対して、

愛しきあがなせの命。入り来ませる事恐し。(三七)

というのとも同じく、垂直的な関係とは別である。「高天原」と「葦原中国」との間では、その往来は、つねに「上」「降」と、垂直関係を明示していいあらわされることとひき比べてこの点に留意し

ておきたい（はじめの例に「上つ国」とあることが問題だがこの点は後述。いまは、そこでも上下関係を含意するような表現ではその行動が示されないことのみを認めておく）。

第三に、無視できないのは、トヨタマビメが自らの世界の所在を示すのに「海原」ということである。すなわち、トヨタマビメが〈ワタツミノ神の国〉から「参出でて」の言として、

「あはすでに妊身めり。今、産む時に臨りぬ。こをおもふに、天つ神の御子は、海原に生むべからず。かれ、参出で到れり」（一〇四）

とある。「海原」、語の意味するところとしては海の平面的な広がりであり、そこからは海の底の世界には結びつきがたいと思われる。ここで参考に見合わせてもよいと考えるのは『日本書紀』の第四の一書である。すなわち、

彼（一尋鰐魚のこと――神野志注）に乗りて海《わた》に入りたまへ。海に入りたまはむ時に、海の中に自《おの》づからに可怜《うましお》小汀《はまあ》有らむ。（中略）久しくして方《まさ》に一尋鰐《ひとひろわに》有りて来《きた》る。因りて乗りて海《わたなか》に入る。

（一八〇〜一八二）

という。海神の宮へは「海面を平らに進んだやうな語りざま」（前掲松村『日本神話の研究』）になっているのである。この一書ではあとに兄が溺れて弟に乞うことばとして、

汝《いましみこと》、久しく海原に居《ま》しき。必ず善き術《ばけ》有らむ。願はくは救ひたまへ。（一八三）

とある。『日本書紀』にあって海神の宮へ赴くことが平面的に表現されるのは、本文と四つの一書を

つうじて第四の一書のみであるが（ただし、第二の一書には海神の宮へ赴く件りがない）、そのことと、「居海原」とは照応すると見るべきであろう。海底とは結びつかないところで捉えられるべきものとして、この「海原」を、トヨタマビメのいう「海原」をうけとめる時にも見合わせておくことができる。

第四には、トヨタマビメと歌いかわしたとされるヒコホホデミの歌の問題がある。すなわち、

沖つ鳥　鴨どく島に　わが率寝《ゐね》し　妹は忘れじ　世のことごとに（一〇六）

とある歌。その「沖つ鳥鴨どく島」は〈ワタツミノ神の国〉をさしていうことになる。そこでうけとられるべきものは、海底ということにはつながらないのではないか。

宣長は（『古事記伝』）、

嶋は、海神《ノ》宮を指《シ》て詔ふなり、かくて鴨着《カモドク》と云までは、たゞ嶋と云名に係《カケ》てつゞけたる、序のみなり、（中略）海底《ノ》にある海神《ノ》宮をしも、島とよみ賜へるは、海路《ウミツヂ》を経《ヘ》て到る処なる故に、海表《ウミノウヘ》にある尋常《ヨノツネ》の島に准へて詔へるなり、（中略）或人、此《ノ》御哥に島とよみ給へるを以て、海神《ノ》宮も、一《ツ》の島なりと云《フ》証にしたるも、まことに然《サ》ることのごと聞ゆめれど、なほ然には非ず、志麻《シマ》とは、必しもよのつねの、海上にある島を云のみにはあらず、周《メグリ》に界限《カギリ》の有て、一区《ヒトツボ》なる処を云名なること、国号考に委く云るがごとし、

という。「シマ」の語義に関しては肯えるところだが、「沖つ鳥鴨どく」を冠した「シマ」について、

ただ序のみであって海上の島ではないというのは強弁にすぎよう。「沖つ鳥鴨どく」によって導かれる「シマ」は、やはり普通の海の上なる島ではないか。歌謡の表現の理解としてはそれが自然であろう。ただ、これを「歌詞そのものと歌詞の物語的意味との間には明らかにずれがある」（土橋寛『古代歌謡全注釈　古事記編』）と導く見解がある。海神の国は海中にあると見ることから、

「沖つ鳥鴨着く島」が元来海神の宮をさす語でないことは明らかであり、（中略）磯遊びで歌われた歌垣の歌の一つと見ることができ、さきに指摘した歌詞と物語とのずれも、氷解するのである。

という。しかし、「ずれ」というべきなのであろうか。上にのべてきたような、海底にあらざることの徴証とまさに適合するものとうけとるべきではあるまいか。「ずれ」は海底ということを前提として感じられるところだが、その前提自体が決して自明ではないという点にたっていえば、むしろ海底にあるのではないことを証する一徴と見るべきなのである。

他方に『日本書紀』本文が、

乃ち無目籠《まなしかたま》を作りて、彦火火出見尊《ひこほほでみのみこと》を籠《かたま》の中に内《い》れて、海に沈む。（一六四）

と、海神の宮の海底にあることを明示しつつ、歌のやりとりはふくまないかたちの物語であるのを、『古事記』とは表裏の関係で捉えるべきものとして見ておいて、このことはなおたしかとなろう。海底──→歌なし、は、『古事記』とは逆の意味で整合的だといえる。

ただ、『日本書紀』の一書には、歌をふくむ所伝のあることについて付言しておかねばなるまい。

すなわち、第三の一書は、

　沖つ鳥　鴨著《づ》く嶋に　我が率寝し　妹は忘らじ　世の尽も（一八〇）

という、ヒコホホデミの歌と、トヨタマビメの歌（『古事記』とは少異あり）との贈答をもって物語をしめくくるかたちをとる。第四の一書も、省略されてはいるがヒコホホデミの歌をふくむかたちであったことは、

　初め豊玉姫、別去《わか》るる時に、恨言《うらみごと》既に切《ひたぶる》なり。故《かれ》、火折尊《ほをりのみこと》、其の復会《またあ》ふべからざることを知《しろ》しめして、乃ち歌《みうた》を贈ること有り。已に上《かみ》に見ゆ。（一八四〜一八五）

とあるので明らかである。二つのうち第三の一書は、

　須臾《しばらく》ありて、塩土老翁《しほつちのをぢ》有りて来《まうき》て、乃《すなは》ち無目堅間《まなしかたま》の小船《をぶね》を作りて、火火出見尊《ほほでみのみこと》を載《の》せまつりて、海《わた》の中に推《お》し放つ。則《すなは》ち自然《おのづから》に沈み去る。忽《たちまち》に可怜御路《うましみち》有り。故、路の尋《まにま》に往《い》でます。自《おの》づからに海神《わたつみ》の宮に至りたまふ。（一七六）

と、明らかに海神の宮は海底にあるとする。「沖つ鳥鴨著く嶋」とは不適合というべく、歌と物語とはたしかにずれているといわねばならぬ。もう一方の第四の一書は、さきにもとり上げて示したごとく、海底ではなく、平面的な関係にある海神の宮を表しているのである。ヒコホホデミのこの歌をふくむことは、そうした海神の宮の所在と適合し、照応して意義あることをそこでも認めてよいであろう。第三の一書の存在は、海底──→歌なし、非海底──→歌あり、と整然とわり切るわけにはいかない

ことを示すが、『日本書紀』のこの段の本文がいわば諸一書を総合するようにしてたてられていると認められる（太田善麿『古代日本文学思潮論(Ⅲ)――日本書紀の考察――』）という点に立っていえば、少くとも『日本書紀』としては、海底――→「沖つ鳥鴨著く嶋」の歌なし、のかたちで整合させるのであり、それを、非海底――→歌あり、のかたちを見合わせながら、自らの立場としてとったのだ、というべきであろう。

念のためにいう。ヒコホホデミの歌をもって、〈ワタツミノ神の国〉は、島として表象されると帰結するつもりではない。神話的世界の把握として、そうした実体化が有意義だとは考えない。いまは、他の諸徴証と適合して、〈ワタツミノ神の国〉は、海坂をこえて、海のかなたにある世界、「葦原中国」に対して垂直的に上下の関係をもって海底にあるのではなくむしろ水平的・平面的に観想されるべき世界という点を示すということをおさえたいのである。

さて、以上、四点にわたってのべきたったところ、〈ワタツミノ神の国〉は、『古事記』の設定した神話的世界としては、海のかなた、潮路のさきの世界と見るべきだと帰着しうる。

3　「海中」・「上つ国」

だが、ことは右にのべたままではすましえない。宣長はむろん、さらには、〈ワタツミノ神の国〉

へ赴くときの『古事記』の表現については海底たることをうけとりがたいとした倉野氏などをも結局は海底説に帰せしめたところに、ある意味では決定的に働いていた（非海底説にとっては小さくない障害というべき）問題にふれねばなるまい。

倉野『全註釈』は、いったんは前掲のように海上のあなたにある国だとしながら、次のようにのべて結局は海底説についた。

尤も下文には「虚空津日高、為㆑将㆑出㆓幸上国㆒」、「若渡㆓海中㆒時、無㆑令㆓惶畏㆒」などあるから、海神の国は海底にあると信じられてゐるやうに見える。

という。「上国」に注して、

古事記はここではじめて海神の国が海底の世界と考へられてゐたことがわかる。

とし、「海中」については、宣長のやや不徹底と見えるところを批判しつつ、

この「海中」は海底から海面までの間の海中である。

と明言するところにその立場は明らかであろう。

「上つ国」ということと、「海中」とあることと、この二点についてどう捉えるかがもとめられよう。

まず、「海中」について見たい。これは、一尋和邇に対する海神の言の中に見られる。

「しからば、なれ送りまつれ。もし、海中《わたなか》を度る時に、な惶畏《かしこ》ませまつりそ」（一〇三）

というのである。この「海中」（原文も同じ）が、海の水の中ということなのかどうか。たしかに、

あれ御子に易《かは》りて海の中に入らむ。（一六三）

というオトタチバナヒメの言（「景行記」）における「海の中」（原文「海中」）は水中ととらねばなるまい。だが、「―中」というとき、たとえば左のような例もある。

その河中《かはなか》の磯《いそ》に坐して、御裳《みも》の糸を抜き取り、飯粒《いひぼ》もちて餌《ゑ》にして、その河の年魚《あゆ》を釣りたまひき。（「仲哀記」、一七八）

河中に渡り到れる時に、その船を傾《かたぶ》けしめて、水の中に堕《おと》し入れき。（「応神記」、一九五）

この二つの「河中」（原文も同じ）は、文意によって明らかに、河のなかほどをいうのであって、河の水の中ということではない。「海中」の場合も、『日本書紀』の例だが、

海《わた》の中《なか》にして卒《にはか》に暴風《あからしまかぜ》に遇《あ》ひぬ。（「神武即位前紀」、一九四）

等、海の広がりのただなかを意味することも見ておくべきである。

「景行記」の例が水中としてうけとられるべきなのは、「入――海中」とあることによってである。いま「度」るというとき、その「海中」は水中ではないとうけとられる。「河中に渡り到れる時」という用例がそれを示してくれる。そもそもワタルは、用例に徴して見れば、水面を通路として行くことをいうのだと認められる。『時代別国語大辞典　上代編』にも、「ワタル」について、「特に水の上を越える意に多く用いる」というとおりである。

当面の「海中」は、大海のただなか、を意味すると見るのが妥当であろう。

ただ、「海を渡る」ですむといえばすむものをなぜ「海中」というのかという点でなおこだわってもよいかもしれない。「海中」は「度」るというにはなじまないものを感じさせるところがある。さきの『日本書紀』の例でも、あるいは、

海中の博く大きなる嶋に至りき。

という浦島の至ったところをいう例（『風土記』丹後風土記逸文）にしても、地点的に示すのである。「海中」において「度」る時、として「度海中時」を解しうるかとも考えるが、いずれにせよ、「海を渡る」とはしないところ、「海中」によって、大海の広がりをあらわそうとしたのだと見るべきではあるまいか。その点で「海中」は、むしろ、のべきたったような海上はるかかなたの世界という把握のほうに適合するということもできる。

つぎに、「上つ国」であるが、これも海神のことばのなかにある。

すなはちことごとわに魚どもを召び集めて問ひて曰ひしく、

「今、天津日高《あまつひこ》の御子、虚空津日高《そらつひこ》、上つ国に出幸《いでま》さむとしたまふ。誰者《たれ》か幾日《いくか》に送りまつりて覆奏《かへりごとまを》す」（一〇三）

というものである。〈ワタツミノ神の国〉から、ヒコホホデミの世界を「上つ国」というのであり、二つの世界は上下の関係をなすものとしてあらわされ、ヒコホホデミの「上つ国」に対して〈ワタツミノ神の国〉はその下に位置づけられていることが明らかだとはいわねばなるまい。

しかし、それは、「葦原中国」＝地上、〈ワタツミノ神の国〉＝海底、としてうけとられるべきものなのであろうか。

「上つ国」は、無条件に「葦原中国」をさすとはいえないことに留意すべきであろう。ヒコホホデミを、ソラツヒコと呼んだうえでの「上つ国」という位置づけなのであって、この文脈的限定を無視するわけにはいかない。

〈ワタツミノ神の国〉に赴くヒコホホデミは一貫してソラツヒコと呼ばれている。シホツチが海辺で問うとき、

「何ぞ。虚空津日高の泣き患《うれ》へたまふゆゑは」（九八）

ということからはじまって、海神がヒコホホデミを見て、

「この人は、天津日高の御子、虚空津日高ぞ」（一〇〇）

といいあらわし、さらには、いまの、帰らんとするところまで、他者からは一貫してソラツヒコと呼ばれる。地の文ではホヲリなのであるから、シホツチや海神によってそう呼ばれることは、その呼称によってヒコホホデミにひとつの位置づけを与えていると見るべきであろう。そうした位置づけと「上つ国」ということとがかかわる。つまり、ソラツヒコと呼ばれるものの帰るべき世界として「上つ国」なのである。決して無条件なのではない。

「上つ国」については「虚空津日高」（ソラツヒコ）の把握からすすめねばなるまい。

ソラツヒコは、太子の尊称だと宣長はいう（『古事記伝』）。

虚空《ソラ》は、天《アメ》と地《クニ》との中間《アヒダ》なる故に、天津日高に亜《ツギ》て尊《タフト》み申す御称《ミナ》なるべし、

というのであって、諸注も多くこれを採る。アメではないソラだというのはいい。しかし、アマツヒコにつぐものとしてソラツヒコというのはどうか。

アマツヒコは、前にふれたが、アマツヒコヒコホノニニギ、アマツヒコヒコホホデミ、アマツヒコヒコナギサタケウカヤフキアヘズと冠し、天神の正統な血統を承けるものたることを表示する。アマツヒコの御子たるものとして、ヒコホホデミもアマツヒコなのである。アマツヒコにつぐというのでは、アマツヒコヒコホホデミという称とあわない。いまソラツヒコというのは、ソラなる存在、つまり、アメでなくソラにあるものとして呼んだと見るのが妥当ではなかろうか。

それは、日本古典集成本、日本思想大系本が採った方向であり、また、益田勝実「神話的想像の表層・古層」（『歴史公論』昭和五三年一月）の提起したところである。

ただ、そこにおいて、ソラの内容理解には異なるものがある。

日本古典集成本は、ソラツヒコについて、

陸地から仰いだ中空界の男性の意。山幸彦だから、地上の意識で呼んだもの。

という。日本思想大系本の「葦原中国（地上）からの空を意識しての美称」というのは、やや不明瞭だが同旨であろう。

これに対して益田前掲論文は、

海辺からは彼の住みかがソラにあたるからだろう。（中略）ワタツミの国からみて、高い山の上の神の住所が、ソラであるとともに「上つ国」であったことを示していよう。

とする。益田説の「上つ国」の問題は後にのべるとして、ソラツヒコのソラとは、山幸彦であることによるのか、「住みか」が「高いやまの上」であることによるのか、理解がわかれるのである（単に「美称」というだけでは無内容であろう）。

私は、益田説に加担したい。

かれ、日子穂々手見《ひこほほでみ》の命は、高千穂《たかちほ》の宮に坐ししこと、伍佰《いほ》あまり捌拾歳《やそとせ》ぞ。御陵《みはか》は、その高千穂の山の西にあり。（一〇六）

という、ヒコホホデミの記事の結びと相応じるものとして、ソラツヒコたる所以を見たいからである。その「高千穂の宮」とは、

竺紫の日向の高千穂の久士布流多気《くじふるたけ》に天降りまさしめたまひき。（中略）ここに、詔《の》らししく、「ここは韓国《からくに》に向ひ、笠沙《かささ》の御前《みさき》に真来《まぎ》通りて、朝日の直《ただ》刺す国、夕日の日照《ひで》る国ぞ。かれ、ここはいと吉き地」

と詔らして、底つ石根に宮柱ふとしり、高天の原に氷椽《ひぎ》たかしりて坐しき。（九一〜九二）

と照応するものと見るべきであろう（日本思想大系本）。中巻の冒頭にも「高千穂の宮に坐して」（一

〇八）とある。ヒコホノニニギ以下アマツヒコたちは同じ「高千穂の宮」にあったのである。クジフルタケに天降りしてそこに営んだ宮だから、「高い山の上」である。その宮に在るものとしてソラツヒコだというべきではないか。

こうソラツヒコを捉えてくれば、「上つ国」の理解もおのづから益田説を正当と認めることに導かれよう。ソラツヒコの帰るべきところとしての限定において、〈ワタツミノ神の国〉からは「上つ国」なのである。そうだとすれば、「上つ国」とはソラたることに係わって見るべきであろう。「上つ国」＝地上──→〈ワタツミノ神の国〉＝海底と導くわけにはいかない。

むしろ、〈ワタツミノ神の国〉は、地上と同じレベルにあると見てよい。「上つ国」＝ソラ、〈ワタツミノ神の国〉＝地上とおなじレベル、であることは、ソラとは「地上の意識で呼」ぶもの（日本古典集成本、ソラツヒコについての注）であることによって証されているのではないか。

以上、「海中」・「上つ国」の二点について検証してきたが、それらが、〈ワタツミノ神の国〉を、海上のかなた、潮路のさきの世界と捉えることの障害とはならず、むしろ適合しうることをたしかめえた。

4　海の呪能

「葦原中国」と〈ワタツミノ神の国〉とは、上下関係をなす世界ではなく、同じ〈クニ〉の次元でかかわるのである。それは「葦原中国」の問題として意味をもつ。前述したように（参照、第三章）、「海坂を塞へて」（一〇五）二つの世界の関係は閉ざされる。「葦原中国」からそこへ行き、還ってきたところの世界とのかかわりが、そのままもちこされつづけていくのではない。かかわりを通じてもたらされた問題において在る「葦原中国」を見定めることに帰着する。換言すれば「葦原中国」という世界をなりたたしめるところにおいて、そうしたかかわりが意味をもつのである。

〈ワタツミノ神の国〉については、降臨してきたアマツヒコたちの世界としての「葦原中国」にかかわることを再確認しつつ、これをどのようにあらしめるかと問わねばならないであろう。

完成された「葦原中国」を正統に支配することとなった者をして、海の呪力をもつものとしてあらしめる――、結論的にいえば、こうした視点から見るべきではないか。

ヒコホホデミの得たのは、

この鉤《ち》は、おぼ鉤・すす鉤・貧鉤《まぢち》・うる鉤。（一〇二）

という呪言と、「塩盈珠《しほみつたま》」「塩乾珠《しほふるたま》」（一〇二）という呪物であった。呪言は、つりばりからサチを失わせるのであり、二つの珠は、それによって海水の干満をひき起こさせて溺れさせたり活かしたりすることができる。要するに、海にかかわる呪力を手に入れるのである。

そのヒコホホデミと、海神の女との間に、アマツヒコヒコナギサタケウカヤフキアヘズが誕生するとは、そのような〈ワタツミノ神の国〉から得た力を、系譜的関係において保障し定着するのだといえよう。〈ワタツミノ神の国〉との間は断絶する。しかし、アマツヒコの血統のなかに保持されたものによって、「天つ神の御子」は、〈ワタツミノ神の国〉の力を保障されて「葦原中国」の支配者たらしめられる。

ヒコホホデミ自身は、ヒコホノニニギと、山の神オホヤマツミの女コノハナノサクヤビメとの間に生まれた。その結婚は、姉イハナガヒメを「いと凶醜きによりて、見畏みて返し送り」（九四〜九五）、なされたのであった。オホヤマツミの言によれば、「石長比売《いはながひめ》を使はさば、天つ神の御子の命は、雪零り風吹くとも、恒に石のごとく常《ときは》に堅《かちは》に動かず坐さむ」（九五）ということであったから、これを返したことによって「天皇命等の御命長くあらざる」（九五）結果をもたらしたが、

> また、木花之《このはなの》佐《さ》久《く》夜《や》比売《ひめ》を使はさば、木の花の栄ゆるがごと栄えまさむと、うけひて貢進《たてまつ》りき。
> （九五）

ということにおいて、以後の繁栄がこのかかわりをつうじて保障されることとなったのである。山の神とのかかわりから得た繁栄の保障もまた、系譜的関係において定着されつつ、ウカヤフキアヘズへと継承される。

ヒコホノニニギからヒコホホデミ、ウカヤフキアヘズと、三代のアマツヒコの系譜の意義は、これを全体として捉えて、山の神、及び、海の神とかかわりつつ、その「葦原中国」の支配者たる本性を増幅・定位することにあるというべきであろう。

この点で、吉井巖「海幸山幸の神話と系譜」（『解釈と鑑賞』別冊『講座日本文学　神話上』）が、初代天皇の出現までに、天皇の祖先たちは、地上の国土の支配権をはじめとして、焼畑農業や狩猟の世界の呪力、そしてここに漁撈民の世界の呪力を重ねもつものとして、その聖性を増幅してゆくのである。

というのは、神話としての文化的歴史的背景という問題をも含んだ発言ながら、核心をいいあてているのではなかろうか。三代のアマツヒコの系譜をつうじて、海山にかかわって増幅した聖性をもつこととなった。ウカヤフキアヘズとは、そうしたアマツヒコの誕生なのである。まさしく、

ここに天皇はあらゆる呪能を具有する存在となりえて、自然に初代天皇の出現を語りうることとなったわけである。（吉井前掲論文）

〈ワタツミノ神の国〉とのかかわりの意義は、そうした「葦原中国」の支配者を定位することの、いわば仕上げにあるということができよう。

神話的世界としての「葦原中国」はここで語り上げられる。それが「天下」につながっていくのである。

第八章「葦原中国」と「天下」

——中心世界と世界観——

1　構造化批判

「葦原中国」をめぐる世界関係は全体としてどのように捉えておくべきか。

この点では、三層的世界像として全体を把握すること、すなわち、上中下の世界像（天上―地上―地下の三層的世界）をなすものとして「高天原」―「葦原中国」―「黄泉国」を関係づけて見ることは、通説化した、もっとも有力な説といってよい。それは、はやく鳥居竜蔵「妣の国」（『論集日本文化の起源3　民族学Ⅰ』所収、初出は大正一〇年）が、東部シベリヤのヤクート族・コリヤーク族が世界を天界・地上・地下の三界に分けて考えていることを紹介するとともに、日本神話の「高天原」・「葦原中国」・「黄泉国」と似ていることを示唆し、倉野憲司「古代人の異郷観」（『古典と上代精神』）、西郷信綱『古事記の世界』がそれぞれの見地から同じことを説くことによって定着したものである。なかでも、その定着に西郷説の果たした役割は大きい。倉野説と西郷説とでは、その論旨は必ずしも等しいものではないが、世界像の把握のしかたとして、縦の三層の世界として「高天原」―「葦原中国」―「黄泉国」を捉え、「中国」が「高天原」と「黄泉国」との間にある世界を意味している、つまり、上中下の中をいうのであると認めることでは、変わらない。

しかし、西郷説をめぐってすでにふれたように(参照、第三章)、この三層世界説は、世界関係の次元の認識において誤まりを含んでいる。上つ国・中つ国・下つ国というふうに見ていくには、「高天原」は次元の異なるものなのである。〈クニ〉の次元の世界としての「黄泉国」・「根之堅州国」・〈ワタツミノ神の国〉と「葦原中国」との関係と、〈アメ〉(「高天原」)―〈クニ〉(「葦原中国」)の関係とは、無媒介にひとつにするわけにはいかない。たとえ、「葦原中国」の「中」が上中下の中だとしても、「高天原」を含めた三層という把握を支えることにはならないのである。上中下は同じ次元のものでなくてはならない。その基本認識に欠けるのだ。

たとえば、新しく三層説に加担した西条勉「神代世界の生成を読む」(『古代文学』二四)が、この三層構造は神代の体系が形成される以前には存在せず、いくつかの基層的な世界像が解編されて新たにひとつの体系をなしたときにはじめて出現した

という観点で三層構造の「生成」を捉えようとして、「体系以前の世界像」として、「「高天原―葦原水穂国」と「根国―現国」のふたつ」を想定しつつ、

二系を統合してみると「高天原―〈葦原水穂国=現国〉―根国」という構図を導き出すことがで

きる。この構図のなかで〈葦原水穂国＝現国〉が「中国」化するのは容易にみてとれるだろう。

すなわち三層構造の出現である。

というのも、同じき世界関係の次元についての認識の欠落のうえになりたっているといわねばならない。いうところの「二系」が接合しうるものかどうか。安易に「高天原」を上とする上中下の「中国」ということによりかかって、「神代の体系」ではなく自らの論のなかでつくりだしてしまった「構造」ではないか。混迷に陥らないためには「二系」の吟味がまず必要なのである。

次元の異なる関係を無媒介につないで「構造」化するというのでは根本的に認めがたいというほかないことを、あらためて確認したい。さらに、今までの具体的な考察をつうじて、「黄泉国」であれ、「根之堅州国」、〈ワタツミノ神の国〉であれ、地下の世界とか、「葦原中国」と上下の関係をなす世界とは認められないこと、つまり、「葦原中国」と同じレベル、平面的な関係においてある世界と見るべきことを示してきたのは、この否定的検証をなおいっそう強化するであろう。

なお、かかる三層構造説の難点として、「黄泉国」以外の、「根之堅州国」、〈ワタツミノ神の国〉という世界を含めた全体の位置づけが必ずしも明確にならず、むしろ、無理をおかすようなかたちで、たとえば、「黄泉国」と「根之堅州国」とを重ねて、いわば等号でつないで地下世界と位置づけるような方向にむかわざるをえないということも加えておこう。西郷信綱「黄泉の国と根の国」（『古代人と夢』）が、黄泉国と根の国とは、地下という一つの世界の二つの側面、一つのものの二つの違ったあらわれである。

というのはその端的なあらわれといえる。違ったものとして見なければならないが、地下の世界としてとどめておいて関係づけねばならぬという点から、右のような論理を生じたのであるが、それでは、神話的世界像としては明晳とはいいがたい。異なる称号、異なる主宰神をもつ世界であり「根之堅州国」は「黄泉国」とは別な、ひとつの神話的世界として意味をもつはずである。「黄泉国」＝「根之堅州国」としてしまうようなかたちでしか、かかる三層的世界像を成りたたしめえないことが、その無効さをまた証しているとはいえまいか。

以上、「高天原」―「葦原中国」―「黄泉国」という上中下の三層世界説のなりたちがたいことをのべてきたが、これとは別なかたちで提起された説についても、なお検証しておきたい。

ひとつは、「黄泉国」―「葦原中国」―〈ワタツミノ神の国〉という上中下の三層的世界として捉えようとする説である。佐藤正英「葦原中国をめぐる二、三の考察」(『日本倫理思想史研究』)の提起したものである。佐藤説は、上中下の「中つ国」という立場にたちながら、そこに「高天原」という「国という表象のうち」に含まれないものをとりこんで「上つ国」とするわけにはいかないという観点から、「中つ国」は「葦原中国」で動かないという前提のうえで、「国という表象のうち」にあって上中下を比定するのである。「黄泉国」を「黄泉つひら坂」を上へのぼっていった「山にあるところ

の他界」として捉えること（「黄泉の国の在りか」『現代思想』昭和五七年九月臨時増刊。参照、第五章）と相まって、

中つ国たる葦原中国にとっての上つ国には、黄泉の国が比定されよう。

とし、

ワタツミの大神の言葉における上つ国（「今、天津日高の御子、虚空津日高、上つ国に出幸さむとしたまふ」〈一〇三〉――神野志注）は、葦原中国をさしている。ワタツミの国からすれば、葦原中国は上つ国である。下つ国として、たとえば、ワタツミの国を比定することができるのではなかろうか。とすれば、葦原中国は、上つ国たる黄泉国と下つ国たるワタツミの国の中にある、ということになろう。

とする。「高天原」という世界を含んだ上中下は適切でないという観点から、上つ国・中つ国・下つ国として考えられるのは「天なる高天原と対応関係にあるところの地なる世界であろう」というのは、さきの通説批判にものべたように、正しいし、「黄泉国」は地下ではないということもまた正しいと考える。しかし、右の佐藤説にはなお従いがたい。第一に、「黄泉国」は「黄泉つらひ坂」をのぼったむこうであることはたしかだが、それを直ちに山として実体化して見るべきものとも認めがたい（参照、第五章）。第二に、「上つ国」は、無条件に「葦原中国」と〈ワタツミノ神の国〉が、上下の関係をなすことを示すものではない。むしろ、二つの世界の上下関係は認められない（参照、第七

章)。第三に、さきの通説批判にのべたのと同じく、「根之堅州国」の位置づけが不明確で、従って、全体把握として不明確さをのこす。以上、三つの点がその理由である。

上中下の中ということからはなれて「葦原中国」を見るべきではないかという方向が、上の二つの上中下三層世界説の否定的検証からはおのずと導かれよう。この点で、もうひとつの、益田勝実『古事記　古典を読む10』の提示した説が注目される。

『古事記』をみても、高天の原と葦原の瑞穂の国が、アメ・ツチ、上下の世界と考えられていたことはまちがいない。しかし、死者たちの霊の住む国である黄泉国が、葦原の瑞穂の国の真下にあるのか、どうか。(中略)中つ国と黄泉国とは、中心と周縁(四方つ国)の地下という水平的なとらえかたのようだ。むしろ、高天の原と瑞穂の国の垂直的対応のペアと、中つ国と黄泉国の水平的対応のペアと、二組の観念で⊥型になっているとみる方が、日本古代の考えかたに近いのかもしれない。

この益田説は、「高天原」・「葦原中国」・「黄泉国」に限った発言ながら、「葦原中国」について上中下の中というとらわれから脱することによって、正当な方向を示しているのではないか。「中つ国」は、上つ国・中つ国・下つ国という理解の枠には収めがたいことは、「黄泉国」をはじめとして、「根之堅州国」であれ、〈ワタツミノ神の国〉であれ、地下の世界にあたるものを認めえないという点から明らかというべきではないか。とすれば、中心となるべき世界と、「根之堅州国」の名義に見るように、はるか果てなる世界（参照、第六章）という点から、「中国」と他の「国」との関係、また「中国」の「中」のになうところを見る方向が、これにかわるべき、妥当な理解として認識されて然るべきであろう。ある意味で、もはや必然の方向だと考える。益田説に注目する所以である。

ただ、益田説は、見る如く、地下たることになおこだわり、その尻尾をひきずりつづけている。「水平的」といいながら不徹底なのである。また、「黄泉国」以外の、「根之堅州国」〈ワタツミノ神の国〉については、いうところの⊥型のなかには含まれないのであって、全体的な世界関係となると、やはり、はじめの不徹底さと関連するごとく、あいまいなものをのこしている。上中下の中というとらわれから脱しようとした自説の方向性自体から、それは批判されざるをえないのではないか。

そうした問題とともに、根本的には、ここでもやはり、世界関係の次元の認識の正当でないことを批判せねばならぬ。

上中下の垂直三層型でなく、⊥型というのであるが、そこでは、いうところの「垂直的対応のペア」と「水平的対応のペア」と、それぞれの「対応」の質の吟味なしに、いわば無媒介に接合することになってしまってはいないか。二つの「ペア」を、ひとつの組みたてなり構造なりをなすものとして組みあわせる必然性がないのではないか。「垂直的対応のペア」は〈アメ〉—〈クニ〉の世界関係であり、「水平的対応のペア」は、〈クニ〉の次元の世界関係なのである。次元の異なる「ペア」をどうして構造化することができるのか。

世界関係の次元についての認識を欠いた構造化というほかない。通説的三層世界説から益田説まで、構造化における、あえていえば安易さを批判せねばなるまい。

2　中心世界としての「葦原中国」

〈アメ〉―〈クニ〉の世界関係と、〈クニ〉の次元における世界関係とは、パラレルに捉えておくべきものではなかろうか。「葦原中国」はその両面によって定位されるが、二つの関係はひとつの構造として組みたてられるものではないと見るべきであろう。

「高天原」(〈アメ〉)―「葦原中国」(〈クニ〉)の垂直的関係と、「黄泉国」・「根之堅州国」・〈ワタツミノ神の国〉と「葦原中国」との〈クニ〉における水平的関係と、ともに「葦原中国」に帰するわけで、機軸たる「葦原中国」において重なるのだが、その重なりにおいて「葦原中国」を捉えることは、たとえば⊥型というような構造でおさえてしまうのではたされない。パラレルにといったが、二つの世界関係が互いに保障しあっているというほうがよりふさわしいかもしれない。

「高天原」は、「葦原中国」の、世界としての存立の根拠であり、アマテラスの秩序をつうじて「葦原中国」を包摂する(参照、第四章)。そして、〈クニ〉の世界関係において定位された「葦原中国」という保障があって、「高天原」と相対する「葦原中国」――「高天原」にとっては「葦原中国」のみが問題なのだ――はいわば支えられる。また、逆に、「高天原」によって根拠づけられた「葦原中国」ということに保障されて、〈クニ〉における「葦原中国」をめぐる世界関係――端的にいえば、中心世界としての「葦原中国」を確認する関係（後述）はある。〈クニ〉における世界関係の把握については結論を先取りしたかたちだが、基本的には右のように捉えられる。

さて、「黄泉国」―「葦原中国」、「根之堅州国」―「葦原中国」、〈ワタツミノ神の国〉―「葦原中国」という〈クニ〉における諸関係を、全体としてはどのように見るべきなのか。

さきに掲げた佐藤説――「黄泉国」・「葦原中国」・〈ワタツミノ神の国〉の上中下三層説は、この〈クニ〉の世界関係の構造化を試みたと位置づけるべきものだが、その批判は示したとおりである。益田説をめぐってもふれたように、上中下というとらわれから離れて「葦原中国」を見ることによって、この世界関係を捉えるべきであろうと私は考える。そして、それは「中国」なる呼称をも当然ふまえて、中心と周縁という観点に導かれるほかないのではないか。「葦原中国」をめぐる諸世界の周縁性については、「黄泉国」の名義を「四方つ国」とする益田説もひとつの可能な見地といえようが、「根之堅州国」の名義にもっともよく見てとることができると思われる。すなわち、はるか果てにある堅い洲の国の意と認めうるが（参照、第六章）、「黄泉国」にしても〈ワタツミノ神の国〉にしても、名義そのものには表示しないけれども、たとえば前者は「根之堅州国」と同じく「黄泉つひら坂」を堺としてそのむこうとして示され、後者は「海坂」をこえる彼方として語られるという点において、〝はるか果て〟という印象を共有するのである。「葦原中国」とは、中心と周縁の関係にあり、「葦原中国」を中心世界としてなりたたしめる世界関係と捉える所以である。

そして、大事なことは、「黄泉国」、「根之堅州国」、〈ワタツミノ神の国〉とのかかわりを、いわばつみ重ねて、その全体において「葦原中国」を、〈クニ〉の価値ある中心世界としてなりたたせているということであろう。それは、ひとつのくみたて、ないしは、トータルプランをもって、その全体が統一的な構造を構築するわけでは必ずしもない。「黄泉国」、「根之堅州国」、〈ワタツミノ神の国〉が互いにどのような関係をもつかはいっさい問題にされないのである。あくまで、「黄泉国」―「葦原中国」、「根之堅州国」―「葦原中国」、〈ワタツミノ神の国〉―「葦原中国」という各々のかかわりをつうじてそれぞれに「葦原中国」を定位するのであり、各々の関係はそれが他に及んでいったりするものではない。構造的な構築ということはできないのであり、これらをひとつの統一的なかたちに構造化するとしたら、かえって誤まりを生じかねないというべきではないか。

その点では、私自身、「「根之堅州国」をめぐって」（『論集上代文学』第十三冊）において、

根の堅州国―ヨモツ国
（ヨモツヒラ坂）

「葦原中国」—(海坂)—海神の国

の如く図式化するかたちでその把握を試みたことは、必ずしも適切ではなかったといわねばなるまい。

「黄泉国」—(ヨモツヒラ坂)—「葦原中国」　＋　「根之堅州国」—(ヨモツヒラ坂)—「葦原中国」　＋　〈ワタツミノ神の国〉—(海坂)—「葦原中国」

と、右のように示すほうがより正確かといま考える。ただいうまでもなく、このつみ重ねが「葦原中国」の全体像として、相関的な全体をなすことは見忘れてはなるまい。第五〜七章にみてきたような、その世界関係をつうじて語るところ全体をつみ重ねて、「葦原中国」像を構築するのである。

あらためていえば、「葦原中国」を中心世界としてなりたたしめる〈クニ〉の次元での世界関係と、〈アメ〉—〈クニ〉の世界関係と、相まって、互いに保障しあいながら、「葦原中国」という世界を定位するのだ、と『古事記』の神話的世界の全体的なありようは捉えるべきではないか。

3　「葦原中国」と「天下」

のべてきた「葦原中国」の神話的世界としてのありようは、その呼称に集約的に表現されているともいえる。

その核心は「中国」である。〈クニ〉における中央、価値ある中心世界たることをあらわすのである。そうであることに保障されて、「高天原」にとって、この世界のみが意味をもち、天孫の降臨すべきところとしてあい対する。その「高天原」―「葦原中国」における「葦原中国」の「中国」には一種の中華意識が看取されよう。「帝王所都為中、故曰中国」（『史記』劉熈注）というごときに通ずるような「中国」の意識、つまり、天孫の、正統に王となるべき世界だという意識であるが、それは、〈クニ〉における中心世界としての「葦原中国」をなりたたしめる世界関係によって支えられるのである。

念のためにいえば、「葦原中国」とは、「黄泉国」との関係において、はじめてそう顕わされるのであって（参照、第五章）、「中国」は第一義的には〈クニ〉の次元で捉えられるべきものである。「黄泉国」に対してそう顕わされたところは、「根之堅州国」、〈ワタツミノ神の国〉とのかかわりをつうじてたしかめなおされつつ、より確かなものとなってくるのである。

そして、「中国」に冠する「葦原」であるが、たとえば、西郷信綱『古事記の世界』が、葦原という語は、荒とか穢とか醜とか蕪とかいう或る一定の状態と連結しやすい性質をもっていた

といい、その「葦原」を負うことと不可分なかたちで、高天の原から見るならば、それ（「葦原中国」――神野志注）はデーモンどもの蟠居する混沌たる未開の世界であり、それ故にことむけらるべき地であったのだ。

と、「葦原中国」を捉えるような、マイナスの面からの見方は正しくないと私は考える。むしろ積極的な価値づけをになうものと見てよいのではないか。

西郷説は、「神武記」の歌、

葦原の　しけしき小屋《をや》に
菅畳《すがたたみ》　いやさや敷きて　わが二人寝し（一一二）

を挙げ、「しけし」は穢れていること、荒れていることの意と解されることから、その「葦原」の把握を導くのであるが、たしかに「しけし」はそう解しうるとして、右の歌は、そのように「しけしき」小屋ではあっても二人寝るのにはいいのだというのであって、「しけしき」を「葦原」の属性とするには飛躍がありすぎる。

翻って見れば、ウマシアシカビヒコヂノ神におけるアシは、「葦芽のごとく萌え騰る物によりて成

りませる神」(二六) というのだから、葦であって、その生命力を表象するのである。そうした葦を捉えつつ、鳥の鳴くのによって霊稲が葦原の中に見出されたという『倭姫命世記』の記事を見合わせるとき、「葦原」は、西条勉「天孫降臨神話の論理構造」(『古代研究』一三) のいうように「始源の田圃」の象徴——イネの豊穰の始源の象徴だといえよう。そうであるから、「豊葦原の千秋の長百秋の水穂の国」(七七) と、「葦原」を冠しつつ、「水穂」というイネの豊穰を意味することばで、降臨すべき世界を祝福して表現できるのではないか。「葦原」の意味するところは転換するのではない。同じであって、「豊葦原の千秋の長五百秋の水穂の国」は、「葦原」にふくまれるところをいっそう明確にいわば敷衍しているのである。豊穰であるべきものの始源、こういえばよいのではないか。益田勝実『古事記 古典を読む10』が、『常陸国風土記』に、

風俗の諺にいへらく、葦原の鹿は、其の味、爛れるごとしといへり。喫ふに山の宍に異れり。(信太郡)

とある、「葦原」—「山」の対応に注目しつつ、

地上の人間が水稲耕作適地を利用して、大規模に造成している人間界の最良部分を、アメ、高天の原に視点をすえて、神話的に見たのが「葦原の中つ国」ということができよう。

とのべていることも、「高天の原に視点をすえ」るということの必ずしも適切ではないのを別にすれば、かかる理解を補強してくれよう。

さらに、『大三輪三社鎮座次第』に、

　大己貴命与少彦名命、戮力一心、殖生蘆葦、固造国地、故号曰国造大己貴命、因以称曰葦原国、

という例もこの見地を補強するために見落すことはできない。国のはじめに国を固めてそこからはじまるものが、すなわち、始源が、「葦原」なのである。

豊穣であるべきものの始源、また、生命力に満ちた始源として、積極的に価値づけられたものとして「葦原」の意義は捉えることができる。

「葦原中国」とは、要するに、豊穣であるべき、〈クニ〉の中心をなす世界を表現するのだというべきである。それゆえ天孫の降り居るべき「中国」なのでもある。

「葦原中国」という呼称において、その世界としてのありようを集約して表現していると見ること、以上の如くである。

こうして、呼称の問題まで及んできて、神話的世界の論を帰結することができるところまできたと考える。

のべてきたごとくに神話的世界「葦原中国」を構築することが、そこからつながる現実世界（「大八島国」）を「天下」の中心――世界の中心として保障するのである（参照、第九章）。

「葦原中国」―「天下」は、独自なひとつの世界だと主張しうるものを成りたたせ、そこにつながるこの現実の世界の「天下」たりうることを保障する。端的にいえば、世界としての保障なのであり、

まさに『古事記』の世界観というべきなのである。「葦原中国」をこのように見定めてまとめとしたい。

4 『日本書紀』の「葦原中国」

「葦原中国」を機軸とする『古事記』の神話的世界を、「葦原中国」―「天下」をもって世界を保障するという、世界観をになうものとして見定めてきた。それに対して、『日本書紀』を、どのように捉えておくべきかについて、記紀はそれぞれ独自な世界像をつくるものとして把握せねばならぬとのべた立場を具体化するべく、ふれておかねばならぬであろう。

『日本書紀』「神代」上巻が、天地の生成そのものから語りおこし、世界のなりたちをコスモロジーと呼ぶべきものをもって語ること、そのコスモロジーは、『古事記』のムスヒのコスモロジーに対するかたちで陰陽のコスモロジーというのがふさわしいこと、また、その世界は、「天」―「天下」、及び、その秩序の外の「根国」としてなりたつことはすでにのべた(参照、第二章)。いま、「葦原中国」に焦点をあわせて見たい。

「神代」上巻には「葦原中国」という世界は認めがたい。しかし、下巻は、天孫降臨からはじまり、その冒頭に近く、

遂に皇孫《すめみま》天津彦彦火瓊瓊杵尊を立てて、葦原中国の主《きみ》とせむと欲《おもほ》す。（一三四）

とある例以下、降臨する世界は大己貴命（『日本書紀』ではこの称で統一される。大国主というような、世界の統一的支配者を意味する名は排除されるわけである）の拠る「葦原中国」として、「天」に対する世界が明確に設定される。上巻と下巻との間での不一貫性といわれる問題に深くかかわるのであるが（参照、第二章）、ただ不一貫というのではすまないのであって、そうした上・下巻で『日本書紀』「神代」としてなりたつ。「葦原中国」の問題は、かかる『日本書紀』「神代」としてのなりたちを問うことにつながるのである。

まず、『日本書紀』「神代」における「葦原中国」の用例を展望しよう。

上巻における用例は、第七段の次の一例のみである（他に「一書」には五例）。

①吾《われ》、比《このごろ》石窟《いはや》に閉《こも》り居り。謂《おも》ふに、当《まさ》に豊葦原中国は、必ず為長夜《とこやみゆ》くらむ。

あとはすべて下巻第九段、天孫降臨の段に見えるものである。

②故《かれ》、皇祖《みおや》高皇産霊尊、特に《おぎろ》憐愛《めぐしとおもほすみこころ》を鍾《あつ》めて、崇《かた》て養《ひだ》したたまふ。遂に皇孫《すめみま》天津彦彦火瓊瓊杵尊を立てて、葦原中国の主《きみ》とせむと欲《おもほ》す。（一三四）

③高皇産霊尊、八十《やそ》諸神《もろかみたち》を召し集へて、問ひて曰《のたま》はく、「吾、葦原中国の邪《あ》しき鬼《もの》を撥《はら》ひ平《む》けしめむと欲《おも》ふ。当に誰を遣さば宜《よ》けむ。（一三四）

④因りて留住《とどまり》りて曰はく、「吾亦葦原中国を馭《し》らむと欲ふ」といひて、遂に復命《かへりことまう》さず。（一三五）

⑤是より先、天稚彦、葦原中国に在りしときに、味耜高彦根神《あぢすきたかひこねのかみ》と友善《うるは》しかりき。（一三六）
⑥是の後に、高皇産霊尊、更に諸神《もろかみたち》を会《つど》へて、当に葦原中国に遣すべき者《ひと》を選ぶ。（一三八）
⑦故、以《も》て即ち、経津主神に配《そ》へて、葦原中国を平《む》けしむ。（一三八）

タカミムスヒの命令をうけて降臨すべき、平定されるべき世界として措定されるのである。その世界にあって平定されるべき側を代表するオホナムヂや、降臨の主令神タカミムスヒの問題性についての宣長や太田善麿氏の指摘については前にふれた（参照、第二章）。『日本書紀』「神代」上・下巻のいわゆる不一貫性として捉えねばならぬその問題と、「葦原中国」とは不可分であることがここに明瞭であろう。

①の問題はあとに見なければならぬが、基本的には、上巻には「葦原中国」という世界は措定されないといってよい。イザナキ・イザナミのつくったところは、「葦原中国」として定立されるわけではない。『古事記』がキ・ミのつくり、オホクニヌシ（オホナムヂ）の完成したところを「葦原中国」とするのとは根本的に異なることをそこに見定めておかねばならぬ。

上巻の世界は「天」―「天下」、下巻の世界は「天」―「葦原中国」となる。ただ、「天下」はイザナキ・イザナミのつくり上げたところ、オホナムヂはかかわる余地なく、「葦原中国」はオホナムヂの主神たる世界である。そのつながらなさをかかえつつ、「天下」と「葦原中国」とが接合して、『日本書紀』「神代」がなりたつ。そうしたなかで、「葦原中国」をどう捉えるか。

上巻の用例から見よう。用例①はアメノイハヤトの段（第七段）に見えるもの。イハヤトにこもったアマテラスの言として示されるのだが、上巻ではここのみの用例をどう見ればよいか。文脈的理解としてたどれば、アマテラスは「光華明彩《ひかりうるは》しくして、六合《くに》の内に照り徹る」（第四段、八六）という存在、だから、石窟にこもった時、

　故、六合の内常闇にして、昼夜の相代《あひかはるわき》も知らず。（第七段、一一二）

という。「六合」は天地四方のこと、「天」―「天下」を貫くのがアマテラスの「光華」であった。ただ、それが「天」と「天下」との世界秩序にかかわるというようなものではないのが『古事記』とは異なる。『古事記』においては、アメノイハヤトの段では一貫して「高天原」と「葦原中国」を並記して、「高天原」のアマテラスの秩序が無条件に「葦原中国」を包摂するという世界関係（構造）を明示する（参照、第四章）。それとは違って、『日本書紀』では、アマテラスの「光華」は「天」と「天下」とを関係づけるわけではない。「天」―「天下」を貫くものとして「天下」の側の問題でもあるというにすぎない。アマテラスの言は、「天」にあるアマテラスが「天下」の側に言及したものである。鈴木重胤『日本書紀伝』に、

　天地の全体にて云はずして此国土にて昼夜相代らざる事に云へる

というとおりである。

「天」から「天下」の側を、「豊葦原中国」とあらわす。「豊」を冠するのはここのみである。そこ

に、「天」の側から価値づけとしての称であることを明示しているといってよい。豊穣であるべき世界というのであって、世界としての設定を負うようなものではない。神話的世界としては「天下」という世界なのである。下巻の「葦原中国」がオホナムヂの拠る世界であるのとも内実を異にするこというまでもない。

ただ、アマテラスから「豊葦原中国」と呼ばれていることによって、上巻の「天下」と下巻の「葦原中国」とは、呼称の上で接続しうる。用例①の意義をこう見つつ、より本質的には「高天原」をたてないことにおける上巻と下巻との関係のしかたに目を向ける必要があろう。

『古事記』において、「高天原」は無条件にはじめからあり、これを前提として存立する世界として「葦原中国」は、「高天原」に包摂される。このような世界関係（構造）をになって「高天原」は定立される（参照、第四章）。

『日本書紀』「神代」下巻の「葦原中国」はそうした世界関係をもつものではない。そして、そうであることによって、上巻の世界像との接合を可能にしていると見るべきであろう。さきに見たような「天」―「天下」という世界と、なりたちが全く異なるといってよい「高天原」―「葦原中国」の世界とでは接合のしようがない。世界としてのなりたち（関係、構造）についてはいわばふれないままの「葦原中国」だから下巻は、異質ながらに上巻に接合しうるのである。下巻に「高天原」をもたないことは、成立論的見地から未発達とか未確立というのでなく、右のような「葦原中国」の世界としての存立という視点から見ておきたいと思う。

『日本書紀』「神代」としての統一という点から「葦原中国」の含む問題性を以上のように捉えておくことによって、単に『日本書紀』「神代」上・下巻の不一貫性をいうだけではすませずに考えることが可能になろう。

『日本書紀』としては、「葦原中国」は世界としてのなりたち（構造）そのものを治定することなく、降臨すべき世界として、「天」の側から措定するのみだということができるのではないか。

「葦原中国」という世界の定立として、下巻に即して前掲の用例②〜⑦について見れば、「天」の側に視点をすえて、「天」に対する世界として措定されることは明らかであろう。

用例②、③、⑥、⑦は、タカミムスヒの発意乃至発言そのもの（②、③、⑥）か、これを直接うけたもの（⑦。⑥をうける）であって、その立場性は明確である。用例④、⑤は、アメワカヒコにかかわるが、アメワカヒコは、用例③をうけて派遣される神の一である。④、⑤は、③を前提として理解されるべきであり、アメワカヒコの「吾亦欲馭葦原中国」という④の「葦原中国」にしても、タカミムスヒによって「葦原中国」と認められた世界としてこういうのであり、かつまた、タカミムスヒと同じ側に属する視点からいうのである。

「葦原中国」を措定する側は「天」としてあらわされる。用例⑤の文章には、ひきつづいて、

故、味耜高彦根神、天に昇りて喪を弔ふ。（一三六）

とある。

「天」――「葦原中国」という世界だが、「葦原中国」は、それ自体としてあるのではなくて、「天」の側の視点から捉えられることによって存立する。

この点で宣長のいうところがあらためて想起される。

　葦原ノ中ッ国とは、（中略）高天原《タカマノハラ》よりいへる号《ナ》にして、（中略）古事記書紀に、此号《ナ》はおほく天上《アメ》にしていふ言にのみ見えたり、（『国号考』）

「天上にしていふ言」――「高天原よりいへる号」というのは記紀一般でなく『日本書紀』にこそむしろ適合する。見たように「天上にしていふ」こと例外なく、「天」からいったものとしてその意義を捉えるべきこととまた見たとおりである。

宣長のいうところを、『日本書紀』の問題としてうけとめなおしながら、しかし、「天」から「葦原中国」と捉え顕わすことの意義については、

　いと〳〵上つ代には、四方《ヨモ》の海べたは、こと〴〵く葦原にて、其中に国処《クニドコロ》は在《リ》て、上方《カミツカタ》より見《ミ》下《クダ》せば、葦原のめぐれる中に見えける故に、高天ノ原よりかく名づけたるなり、

という宣長説（前掲書）をうけ入れるわけにはいかない。それは即物的でしかない。「天」から、降臨すべき国として捉えられたものとしての内実がそれでは不明である。眼に見えたそのままの、いわばニュートラルな顕わしかただというのでは、本質が捉えられたとはいえないのではなかろうか。加

えて、海中、火中等の語を思い合わせれば、その「中」が別な質の広がりではなく全体が海であり火であるという状態を示すのだから、「葦原(ノ)中」と解するとしても、「葦原のめぐれる中」とはうけとれないだろう。

「中国」については『日本書紀』の独自性を明確にしておかねばならぬ。要するに、『日本書紀』では「天」との関係のみが問題なのである。「天」が捉えた「中国」、

史記五帝本紀曰、之中国践天子位。劉煕曰、帝王所都為中、故曰中国。

と注した『書紀集解』の意のあるところをうけとめるべきではないか。敷衍すれば、天孫の王となり都すべきところ、そうした一種の中華意識をもった捉え方と見るべきではなかろうか。

特に「中国」をめぐっては、『古事記』との世界像の相違を見忘れてはなるまい。『日本書紀』に即してまとめれば、「天」の側から、最良の中央、イネの豊穣たるべき、天孫の王となるべき世界として捉えすえてきた地上世界であり、そこから現実の天皇の統治するこの世界につづくものとして位置づけようとするのが、「葦原中国」だということができる。ただ、それがオホナムヂの拠るところとしてどのようにつくられ、また、どのようにタカミムスヒの「天」との世界関係(構造)をなし、なりたっているかを治定することはない。「天」から捉え顕わされて存立するのみなのであって、それゆえに上巻の「天下」と接合することができる。

さて、世界としてのなりたちにふれないで「葦原中国」をたてることによって『日本書紀』「神代」

としての統一をはたしているのだとのべてきた。ただ、この点はなお付言しておく必要がある。

イザナキ・イザナミは「天下之主者」を生まんとして、スサノヲを得るが、その「無道」のゆえに「根国」に逐い（第五段、八六〜八八）、「天下」に「主者」は不在のままである。ここに降臨の条件ないし必然性があるのだが、上巻の世界像、「天」―「天下」のなかに、「天」が「天下」を包摂するというような秩序関係はない。

「天下」の「主」の不在をうめる降臨を具体化しうるのは、それとは別な次元の世界像、「天」―「葦原中国」においてなのである。タカミムスヒの「天」から、オホナムヂの拠るところを「葦原中国」と捉え顕わし、定立することによって降臨ははたされる。

その「葦原中国」を世界としてのなりたちにふれることなく、「天下」に接合することによって、世界としてのなりたちから降臨までをつなぐことができるのであり、『日本書紀』としての統一がそこで可能になっているのである。

『日本書紀』の「葦原中国」は、このような『日本書紀』としての全体的な把握のなかで正当におさえうる。『日本書紀』の独自な世界像として、これを再確認してまとめとする。

第九章　「天下」の歴史
——中・下巻をめぐって——

1　中巻への視点

「葦原中国」を語る上巻を承け、中・下巻は、「葦原中国」によって保障された世界としての、天皇たちの世界「天下」を語りつぐ。中・下巻の一貫した流れといってよいのであり、その点だけでいえば、中巻下巻と二巻を成すのは「おのづからより来《キ》つるまゝにて、殊なる意はあるべからず」という宣長の発言（『古事記伝』）は誤まっていない。だが、のべきたったように、「天下」はひとつの世界観的主張と見るべきであり、中・下巻の「天下」の歴史は、この現実の世界につながるところを語り、自らの現実を独自なひとつの世界たりうるものとして保障するのだと捉えることにおいて、それぞれがもつ意義が考えられるべきではないか。

全体として「天下」の歴史であるが、中巻下巻にそれぞれになわせるところがあって、現実につながるところを語るしくみとして、二巻を成す意義はあるのではないか。

従来の論議にあっては、中・下巻の意義の考察に及ぶとき、中巻が応神天皇でおわり、下巻が仁徳天皇からはじまることについて、なぜそこでおわり、はじまるかという区分の意義を関心の中心とすることが多かった。塚口義信「『古事記』の三巻区分について」（『日本書紀研究』一二冊）に、学説整理があるが、そうした、いわば区分論を代表するものとして、伊藤博「古事記における時代区分の認識」（『国語と国文学』昭和四一年四月）を挙げることができる。伊藤説は、「新興の皇統継体王朝」に着目しながら、この皇統が自己を権威づけ正当化するために応神に出自をもとめ、これを、「自己の時代は勿論、旧王朝の時代とも異質な、遠く古い時代の由緒ある帝王」として位置づけたのだと捉え、もう一方で、「仁徳を、自分たちの時代の第一代として仰ぐこと」、従って「応神を先の世に属する特殊な天子として格別に奉りあげること」が仁徳皇統の中で培われていたと把握する。つまり、「仁徳皇統それ自体の時代認識」と「継体皇統の時代認識」とが重なったところに応神／仁徳の区分の所以を見届けようとするものである。伊藤説は、二つの「時代認識」の重なったところに成立した応神／仁徳の区分の意義を次のように定位する。

> 早くも、古事記「現代」を遡ること遠い時代（凡そ一五〇年前）に、応神を遠つ世の殿の天子、仁徳を近つ世の初頭の天子とする時代区分は、古代の不動の論理として確立していたのであった。この論理は、天武朝の原古事記の営みにそのまま継承されたのであり、現古事記における太安万侶の三巻区分は、さらにそれを踏襲したものにすぎなかった。（傍点原文）

ここでは、『古事記』をいわばつきぬけたところ、「古代」一般の次元でその区分の意義を捉えようとしていることは明らかであろう。かく『古事記』の問題として区分を捉ええないことと不可分に、応神／仁徳という、そうした区切りかたによって、中巻なら中巻がなにを構築し、『古事記』全体をそこでどのように成りたたしめているかを問う視点もそこには欠落する。

「古事記における時代区分」といいながら、『古事記』の外側からの論というしかない。

この点では、区分論を批判しながら「王権発達史」としての中巻を論じた塚口義信「『古事記』の三巻区分について」（前掲）にもやはり同じことをいわねばならぬ。塚口説は、中巻を「王権発達の歴史」を描くものとして「一つのまとまりをなしている」と捉えつつ、倭王武の上表文（『宋書』倭国伝。後にふれる）の段階でそうした伝承の祖型が成立していたとする。上表文中の「渡平海北」を朝鮮半島南部の国々の平定の意として、

遅くとも四七〇年代には、武の祖先たちによる東征・西征および半島侵略の伝承が、大和政権のもとに存在していたことは、ほぼ間違いない。

というのである。『古事記』中巻は、そのように想定される「王権発達の伝説」と同じ構造をもつのであり、

「王権発達史の伝説」を祖型として形づくられてきたものであるに違いない。

と帰結する。「祖型」という外在に帰しておわるのであって、「王権発達史」というふうに概括した中

巻が、どのように『古事記』の全体を成りたたしめているかと問い意味づけることへは向かわない。『古事記』をいわば素材として、ただちに「古代」や「祖型」やに突きぬけていくような、こうした論議に向かうのではなく、第一義的には、『古事記』のつくろうとした（また、つくりえた）「天下」の歴史ということに即して、中・下巻のになうところと、その二巻のつくるしくみとを問わねばならぬのではないか。

その意味で、西郷信綱「ヤマトタケルの物語」（『古事記研究』）が、上・中・下三巻を全体として見わたしてその成りたちを捉えるという明確な視点を提示したことに注目したい。

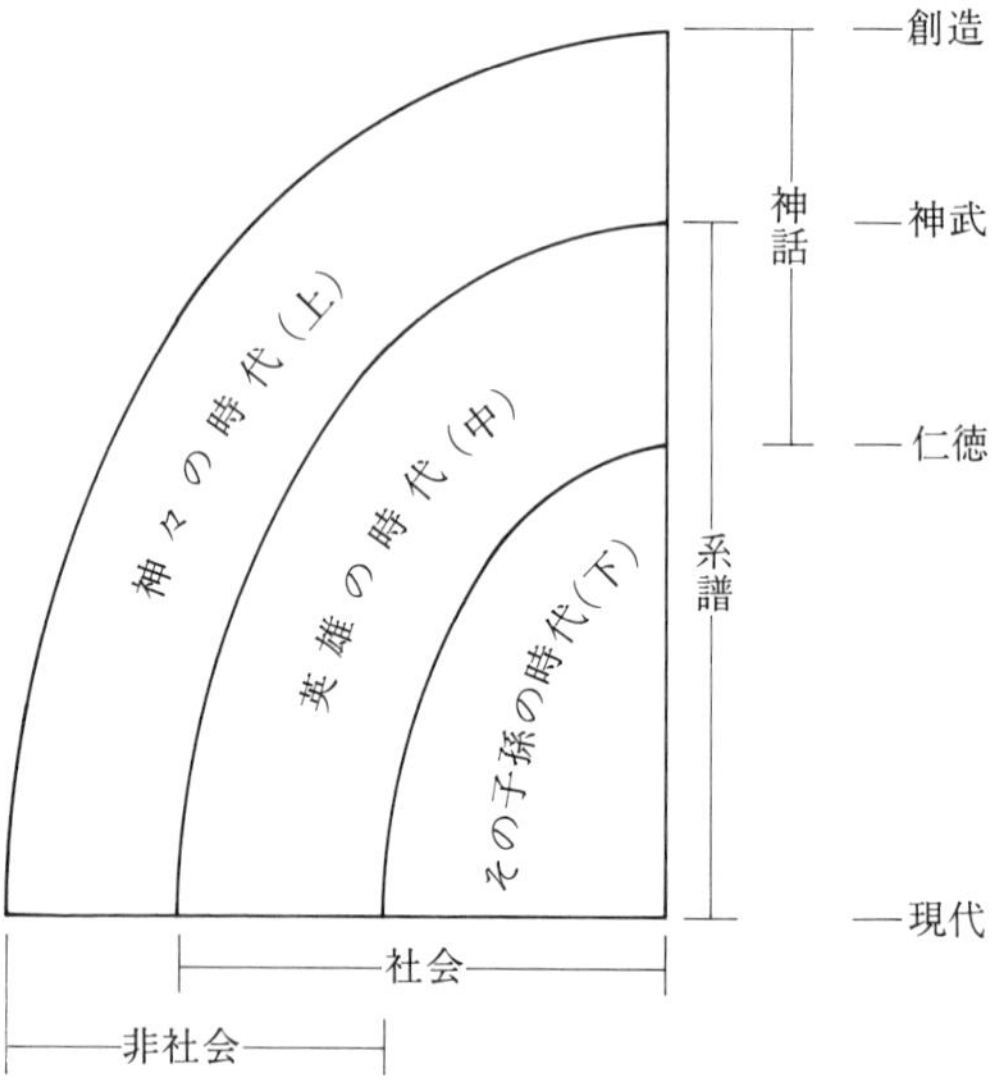

その説くところは右の図に集約されるが、中巻については「英雄の時代」と位置づけて次のようにのべる。

> 神々の時代を人間の世に媒介するのが英雄の時代であった。（中略）神々が世界を作ったとすれ

ば、これら先祖の英雄たちは社会を作ったといってよく、そしてそれが時間意識の構造として範疇化されたのが英雄の時代に他ならぬ。（中略）英雄たちが半神であるのと見合って、中巻の物語も歴史ではなくて半ば神話で、しかもそれはその子孫の時代の経験の時間的投射としてそうなのである。（傍点原文）

「社会を作った」というような捉え方は、文明の起源としての応神朝、それによって基礎づけられた開化の世としての仁徳朝以降、という形でこれを敷衍する論（阪下圭八「天之日矛の物語（二）」『東京経済大学人文自然科学論集』六八）をも生んだが、「応神記」の来貢記事がそのような、文明の起源譚と位置づけられるべきものでないことは後述する。そうした方向に赴くところ、「社会」と大きく一般化しすぎてしまったからではないか。

「社会」一般ではなく、やはり王権の問題であり、王権の展開として、中巻における天皇たちの物語をおさえるのでなくてはなるまい。

ことは、一般的なのでなく、あくまで天皇の世界としての「天下」の問題なのである。

その点で、中巻として大事なのは、吉井巌氏ののべたごとく、

中巻は、大八島ならびに朝鮮半島を支配領域として天皇権力が成立する経過を述べる。（『日本文学全史　上代』第三章２）

というところ、すなわち、「天下」という領域の問題ではないか。

「天下」がいかなる世界でありうるかということにとって、もっとも基本的な問題として、大八島国及び朝鮮への、神意に保障された天皇支配の確立――このように概括しうる中巻として、「天下」の領域ないし範囲という点から見ていくことができるとすれば、そこからひとつの見通しかたが可能となろう。そこにおいて、「天下」を語るものとしての中・下巻という『古事記』に即しての把握は果たされるのだと私は考える。

2　「天下」の構造

本質的に重要なのは、大八島国から朝鮮半島にまで天皇支配が及ぶという領域の問題を、「天下」の構造として捉えることではないか。つまり、朝鮮半島まで含むことによって、はじめて「天下」は全き構造を成すと見るべきではないか。

図式化して示せば、

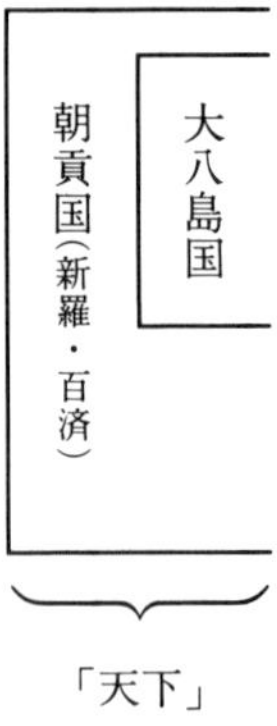

という構造である。すなわち、大八島国のそとに朝貢国をもつという構造において、「天下」と呼ぶことのできる世界は成りたつと見るべきであろう。

想起すべきなのは、元来の、中国的世界観における「天下」の構造である。中国皇帝たる「天子」によって秩序あらしめられる世界「天下」は、中国（文字通り世界の中心）が、その周辺に、王徳を慕って冊封をうけた朝貢国（藩国）を組み入れて成りたつ。そうした体制乃至構造のなかに参入して、つまりは「天下」の一部と自らを位置づけていたのがある段階までの日本の古代王権であった。

いま、中国中心の「天下」とは別な、みずから独自なひとつの世界だと主張しようとするのであるが、それを支えるべき世界観の構築はどのようにして可能であったかといえば、中国王朝のミニチュア版に外ならなかった。中国のそれに倣ってみずからの「天下」をつくり上げることに外ならなかったのであり、石母田正（『日本古代国家論　第一部』）が、自前の律令国家として構築された古代国家をトータルに、中国大帝国のミニチュア版として、「小帝国」と呼ぶのは、これを正しくいい当てているというべきであろう。

この点で、西嶋定生『日本歴史の国際環境』が、

一見すれば倭国が中国を中心とする世界から分離して、倭国自体を中心とする世界を創出しようとしていたごとくに考えられるであろう。しかしこのばあい注意すべきことは、倭国の天下支配、すなわち倭国を中心とした世界の形成は、中国を中心とする世界とは別個の構成原理をもつもの

ではなく、それはあくまで中国を中心とする世界を模倣して自己を形成したものであったということである。

といい、一言で「小世界」と集約するのは、まさに正当な指摘であった。かかる見地から、「小世界」なりともみずからの「天下」が「天下」たりうるには、諸蕃の朝貢の上に立つという構造をもって成りたたねばならず、それが「天下」の構造的原理なのだと、帰結することが許されよう。

稲荷山鉄剣銘などに見るように五世紀の段階ですでに芽生えていた、みずからを「天下」と主張する世界観（参照、第一章）が、はじめからこうした構造をゆるぎなくもって完成されていたと見る必要はない。中国への遣使朝貢を廃絶した六世紀、さらには、冊封をうけることなく対隋・対唐関係が保持されるその後をつうじて完成されたものというほうが正しいであろう。

「小世界」としての制度的完結を顕現するのが、大宝律令（七〇一年）、養老律令（七一八年）であり、藤原京（六九四年）、平城京（七一〇年）であることはいうまでもない。そこにおいて、「明神御宇日本天皇詔旨」とは、「対ニ隣国及蕃国ニ而詔之辞」であり、その「蕃国者新羅也」と（『令集解』公式令「古記」）観念されるものであり、その都城は「帝王為レ居。万国所レ朝」（『続日本紀』神亀元年十一月甲子）と位置づけられるものであった。特に、この都城の意義については、石母田正「天皇と「諸蕃」」（『日本古代国家論　第一部』）が、天皇の都は、国内統治の中心であるだけでなく、同時に諸蕃朝貢の中心、小帝国の「皇帝」の居城、第二の長安でもなければならなかった。模倣したのは都城の形でなく、国家の構造であった。とのべたところを想起しておきたい。

こうした水準に見合い、かつ支えるものとして、『古事記』の世界観「天下」は捉えられるべきであろう。

『古事記』中巻に即してあらためていえば、ヤマトタケル（「景行記」）までにおける大八島国の「王化」の完成と、応神天皇において朝鮮半島を「王化」のうちに組みこむこととをつうじて、「天下」の構造を達成するのである

大八島国は、

かれ、この八嶋《やしま》を先づ生みたまへるによりて、大八嶋国《おほやしまくに》といふ。（三一）

とあるごとく、イザナキ・イザナミの生みなしたところであり、すなわち「葦原中国」と重なる。それが「天下」の中心——世界の中心たることを神話的に保障するものとして、「葦原中国」のまさしく「中国」たることの意義をあらためてうけとめなおすことができる。「葦原中国」は「天下」とそのまままるごと重なるのではない。「天下」の中心たる大八島国と重なるところであり、「天下」のなりたちうることを保障するのである。

3 中巻第一部――大八島国の「言向け」

中巻とは、要するに、「天下」の構造、すなわち、大八島国の「王化」と、朝鮮半島をも「王化」のうちに組みこむことによってありえている「天下」を語るためのものではないか。「成務記」まで対外記事を含むことなく大八島国の「王化」を語るところを、そうした「天下」の構造における中心たる大八島国について語るものとして見るべきではないか。

大八島国の「王化」は「言向け」と表現される。「荒ぶる神、また伏《まつろ》はぬ人等を言向け和平《やは》し」(「景行記」、一六二)て、「荒」――→「和」「平」によって、天皇によるひとつの秩序=「礼」のうちにあらしめるのである。「礼」という点については、クマソタケルを「これ伏はず礼なき人等ぞ。かれ、その人等を取れ」(「景行記」、一五八)とすることを想起しておきたい。伏わぬことは、すなわち「礼」の問題なのであり、「礼」あらしめることが「王化」なのである。

「言向け」については既に考察を加えたところである(拙著『古事記の達成』)。服属を誓う「言」をこちらへ向けるようにさせること、そういう形で向き従わせることが「言向け」の内容であり、その「言向け」によって「王化」を捉えることが『古事記』の思想――言語イデオロギーというべきなのである。その表現を、降臨、「神武記」、「景行記」の三つの部分に集中することによって、そこに特別な位置――「王化」の劃期を付与する。そのように言語イデオロギーともいうべき「言向け」をもって「王化」の歴史を定位することが『古事記』の独自なありようなのである。

右のようにたしかめなおしつつ、なお、いまの視点から次の二点に留意したい。一つは、降臨とその他とを同列的に「王化」の劃期というのでなく、その連関に目を向けるべきであろうということである。二つには、「言向け」という表現をもたないけれども、「崇神記」の「王化」における意義を見落すわけにはいかないということである。

具体的にのべよう。

あとの問題から見よう。大八島国の平定（「王化」の達成）は、⑴神武天皇の東征・大和平定、⑵孝霊天皇の吉備平定、⑶崇神天皇の高志・東方十二道・丹波への将軍派遣、⑷ヤマトタケルのクマソ・出雲・東方平定、によってはたされる。ヤマトタケルのあとに国内平定に関する記事はない。また、これら以外に国内平定の記事はない。

ただ、ヤマトタケルのあとにない、と断言するには仲哀が「熊襲の国を討たむと」して（一七四）香椎の宮にあったときに、新羅征服の神託を得たということは、問題をのこすかもしれない。しかし、「仲哀記」には討とうとした時とのみあってそれでおわるにすぎない。クマソ平定という実質的な意味をもつわけではないのである。『日本書紀』が、託宣からして、「是を栲衾《たくぶすま》新羅国と謂ふ。若し能く吾を祭りたまはば、曽て刃《やきは》に血《ちぬ》らずして、其の国必ず自づから服《まつろひしたが》ひなむ。復《また》、熊襲も為服《まつろ》ひなむ」（「仲哀記」、三二六）とし、「時に神の語《こと》を得て、教《をしへこと》の随《まにま》に祭る。（中略）熊襲国を撃たしむ。（中略）自づからに服《まつろ》ひぬ」（「神功紀」、三三二）とあって、クマソ平定の実質をもつのとは異なる。右のようにのべて誤まりあるまい。

その⑴〜⑷にあって、⑴、⑵、⑷は平定することを、「言向け」「和」「平」すると表現する。⑶は「言向け」とはいわないが、

また、この御世に、大毘古《おほびこ》の命は、高志《こし》の道に遣はし、その子建沼河別《たけぬなかはわけ》の命は東の方十まり二つの道に遣はして、そのまつろはぬ人等を和平《やは》さしめたまひき。（一三七）

という。これと、⑴の、

かれ、かく荒ぶる神等を言向け平和し、伏はぬ人等を退け撥ひて、畝火の白檮原《かしはら》の宮に坐して、天の下治めたまひき。（一一九）

や、⑷における、

東の国に幸して、ことごと山河の荒ぶる神、また伏はぬ人等を言向け和平しき。（一六二）

のごときとを見合わせて、⑶と、⑴・⑷の「和平」は等価だといって差支えあるまい。「和平」は天皇の秩序のもとにあらしめること、すなわち「王化」の表現なのである。⑶も、「言向け和平す」とするものに準じて見ることとするが、降臨の件りを除いて、⑴・⑵・⑷以外に「言向け」の用例はなく、⑴〜⑷のほかに国内平定を語る記事はない。大八島国の平定は、まさしく「言向け」をもって表

現されるのだといってよい。

朝鮮半島の平定については「言向け」とはいわない。「言向け」るのは大八島国までなのである。ここで、降臨における「言向け」の問題に目を向ける必要がある。「葦原中国」の「言向け」と、大八島国の「言向け」とは当然同列の性格のものではありえない。「葦原中国」と、「天下」としての大八島国とのあいだの問題なのである。

いま、想起したいのは、西郷信綱氏の次の発言である。

> 中巻の物語はその神代の話を新たに歴史的言語として語ったものなんです。たとえば神武天皇の物語は、天孫降臨の物語を歴史的言語として述べたものだし、熊襲の話は、海幸、山幸の物語を歴史的言語として述べた話である。

という（倉塚曄子氏との対談「古事記のよみをどう転換させるか」『国文学』昭和五九年九月）。

神武の物語のみならず、神武〜ヤマトタケルの大八島国の「言向け」というのは全体として「葦原中国」の「言向け」を歴史的に語りなおしたもの（西郷氏のいう「歴史的言語として述べたもの」）と見るべきではないか。

この点から注目したいのは、ヤマトタケルの名のりである。クマソタケルに対してこういう。

> あは、纏向《まきむく》の日代《ひしろ》の宮に坐す大八島国知らしめす大帯日子《おほたらしひこ》淤斯呂和気《おしろわけ》の天皇の御子、名は倭男具《やまとをぐ》那《な》の王《おほきみ》ぞ。（一五九）

「大八島国知らしめす……天皇」という表現はここのみにしか見ない特異な表現である。その特異さの意義を考えようとするとき、特に「大八島国」ということに目を向ける必要がある。「大八島国」とはイザナキ・イザナミの生みなしたところ、

かれ、この八嶋を先づ生みたまへるによりて、大八嶋国といふ。(三二)

という。「大八島国」の用例はこれと、ヤマトタケルの名のりの二例のみである。照応して意味をもつものとして、ヤマトタケルの名のりの意義を捉えるべきだと考える。すなわち、他と同様に「天の下治めたまひき」というのでなく、「大八島国知らしめす」というのは、そうあるべきものをヤマトタケルの「言向け」によってはたすことの確認なのであり、加えて大八島国がイザナキ・イザナミの生みなしたところに重なることを確認するのでもあると見るべきではないか。

つまり、大八島国全体に「王化」の完成されることの表示であり、それが、大八島国が神話的世界としてはイザナキ・イザナミの生みなしたところ、すなわち「葦原中国」に重なることを確認しつつなされるのである。

こう見てきて、大八島国の「王化」とは、「葦原中国」の「言向け」に神話的に保障されて、これを歴史的に語りなおすのだといってよいであろう。そうした関係において、大八島国の「王化」は「言向け」をもって表現されるのであり、ヤマトタケルの「言向け」の物語までで完結するのである。「成務記」はその完結を明示すると認めてよい。

かれ、建内《たけうち》の宿禰《すくね》を大臣《おほおみ》として、大国《おほくに》・小国《をぐに》の国 造《くにのみやつこ》を定めたまひ、また、国々の堺、また大《おほ》県《あがた》・小県《をあがた》の県主を定めたまひき。（一七三）

を、「諸国平定のあと、地方の行政機構を整備する」（古典集成本頭注）というのでは表面的にすぎよう。ヤマトタケルまででなされた大八島国全体に及ぶ「言向け」の完成を、まさに確定し、大八島国「言向け」物語を完結せしめるのだと見るべきであろう。

「成務記」が記事としてはきわめて短小であるにかかわらず、序文が「境を定め邦を開きて近つ淡海に制《をさ》め」と（一九）、あえて成務に言及する所以をそこに見たい。

なお、この成務の事蹟を「成務朝の国造設置は史実とは認められ」ない（思想大系本補注）というのはその通りかもしれないが、ことは「史実」の次元で論議することが有意義とはいえないのではなかろうか。

見てきたような「言向け」の物語としての完結性において、これを第一部と呼びたい。大八島国の外なる朝鮮半島に「王化」の及ぶのを語ることは、これとは別に捉えるべきだと考える。

もう少し別な面からも補足したい。

ヤマトタケルのあとに国内平定に関する記事はないとのべたが、それと表裏することとして、ヤマトタケル以前には対外関係の記事がない。「垂仁記」におけるタヂマモリの話の「常世の国」（一五三）は、全く具体相をもたないのであって、『古事記』にとって世界関係乃至対外関係としては意味をもたない（参照、第三章）。

これを『日本書紀』と比べたとき、『古事記』がここでつくろうとした独自なありようは明らかであろう。『日本書紀』は、「崇神紀」「垂仁紀」から朝鮮関係の記事を掲げる。崇神六十五年に任那からの朝貢を記し、それが新羅・任那の関係に及んで「垂仁紀」にもかかわるとともに、垂仁三年には新羅の王子アメノヒボコの来帰を記す。アメノヒボコは『古事記』は「応神記」にその記事を掲げるのであり、ここに特に記紀の差が際だつ（この問題は後にのべる）。

『古事記』は、対外関係記事は捨象して、大八島国のみについて語る。大八島国の外とは截然と区切るのである。それは「天下」の構造に由来するところだと結論してよいであろう。

以上、大八島国を中心になりたつ「天下」の構造を語るものとして見るという観点から、「成務記」までを中巻第一部として捉えてきた。

4　中巻第二部——新羅・百済の平定

朝鮮半島に「王化」の及ぶことを語るのは、「天下」の構造を語ることにおける第二部だというべきであろう。

まず『古事記』が、「仲哀記」「応神記」を独自なかたちであらしめていることを、ここに対外関係記事を集約するという点からおさえておこう。
『古事記』は「成務記」以前に対外記事を含むことなく、また、下巻においても、対外関係の記事を基本的には捨象するのであり、「仲哀記」「応神記」にしか対外関係記事がないのである。対外関係というのは必ずしも正確ではない。大八島国の外なる領域――新羅・百済（それのみしか問題としないのである）との関係というべきだが、まさに截然と「仲哀記」「応神記」部を際だたせている。そして、それをひとつの完結性をもって成りたつ物語と見ることができる。第二部とする所以である。
はじめに、この第二部を成りたたせるものとしてアマテラスの神託に注目しよう。
西の方に国あり。（中略）われ今その国を帰《よ》せ賜はむ。（一七四～一七五）
と、オキナガタラシヒメ（神功皇后）に神がかりして示された神託が、新羅・百済の平定を根底で保障することはいうまでもない。そして、
今かく言《こと》教へたまふ大神は、その御名を知らまくほし。（一七六）
に対して、
こは、天照大神の御心ぞ。また、底《そこ》箇《つつ》の男《を》・仲《なか》箇《つつ》の男《を》・上《うは》箇《つつ》の男《を》の三柱の大神ぞ。（一七六～一七七）
と顕わされるのであった。住吉三神の問題については下文にも「墨の江の大神の荒《あら》御《み》魂《たま》もちて、国守

らす神として祭り鎮めて」（一七八）とあるとおりであり、

　凡て異国《アダシクニ》に関《カヽ》れる事は、主《ムネ》と此《ノ》大神の所知看《シロシメ》すなり、

と宣長のいう如き重要性を認めておかねばならぬが、それにしても根源的な保障はアマテラスにあるのだ。

　此度《ノタビ》の事、専《モハラ》此《ノ》三柱神の行ひ賜ふ其本は、天照大御神の御心にて、其《ノ》大御《オホミ》命《コト》を、此《ノ》三柱《ノ》神の奉《ウケ》承《タマハリ》給ひて、執行《トリオコナヒ》給ふよしを詔ふ謂《イヒ》にや、又たゞ同じことなるを、上なる御心《ミコヽロ》を此《コヽ》へも響《ヒヾ》かせて、此《コヽ》には略《ハブ》ける文《コトバ》か、

と宣長はいうが（『古事記伝』）、「また」のになうのは並列であり、つまりはアマテラスの「御心」と、実体としての住吉三神とを並べたのであって、宣長の解についていえば、どちらも正当とはいいがたいであろう。実体としては住吉大神であり（だからその「荒御魂」をまつる）、しかし、それはアマテラスの「御心」に保障されてはじめて意味をもつ。根源はあくまでアマテラスでなければならぬ。

　アマテラスが根源であることは、大八島国の「言向け」においても同じである。降臨の神話を語りなおすものとして、この大八島国の「言向け」の根源は、

　豊葦原の千秋の長五百秋の水穂の国は、あが御子正勝吾勝々速日天の忍穂耳の命の知らす国ぞ。

（七七）

というアマテラスの「言因さし」に帰するのであり、タカクラジの夢は「天照大神・高木の神」（「神

武記」、一一二）をもって降臨をよびおこすことによって、アマテラスの根源的な保障を確認する。この「神武記」と、いまの「仲哀記」と、中巻におけるアマテラスの登場は二例のみなのであることにあらためて注目しつつ、いま第二部は、降臨とは異なる新たなアマテラスの神託の保障によって成りたつ物語なのだと認めてよいであろう。降臨の神話の保障するのとは別なところへ新たにふみ出していくとき、新たなアマテラスの保障がもとめられるわけである。この神託を根源として、「大き海」のかなたの「西の方」の国を「帰せ」る物語として、「仲哀記」「応神記」は完結するのである。新羅・百済を「王化」のうちに組みこむことを語るものとして、「仲哀記」「応神記」は、あわせてひとつの物語をなして完結するといってよいと認められる。

第一に、「仲哀記」に、

ここをもちて、腹中《はらぬち》に坐して国知らしめしき。（一七四）

と応神についていう。原文「是以知坐腹中国也」とある。宣長はこのままでは理解しがたいとして、「国」字の上に「定」を補い、「腹中に坐まして国定めたまへりしことを知らえたり」と訓んだ。定めるとは、「征伐服従《ウチシタガ》へて、蕃国《ミヤツコグニ》とし賜へるを云なり」というわけである（『古事記伝』）。それは、「知」を「国」にかけて統治の意とすることはできないという把握から出た。前文に、

大鞆和気《おほともわけ》の命と負《おほ》せるゆゑは、初め生れましし時に、鞆のごとき宍《しし》、御腕《みただむき》に生りき。（一七四）

とあり、それをうけて「ここをもちて」とあるゆえに、そうした「御肉のありしを以て」……と知っ

た（わかった）とつづくべきだというのである。しかし、「定」を補うのは本文状況から見て無理であろう。宣長と同じこだわりから「定」のない本文のままで、「腹に坐して国に中りまひしを知りぬ」と訓むことを古典大系本が試みたが、これも、倉野氏自ら『全註釈』では撤回した如く無理という外ない。そもそも「是以」は、前文をうけて原因理由を示すとはいえない場合がある。たとえば、ヤマタノヲロチを退治した後のスサノヲについて、

かれここをもちて、その速須佐之男《はやすさのを》の命、宮造《つく》るべき地《ところ》を出雲の国に求《ま》ぎたまひき。（「神代」、五六）

というのは、次の宮作りへとうつるつなぎという以上のものではない。ここでも前文との関係というこだわりを捨ててよんでよいのではないか。「国知らしめしき」というその内容が、新羅・百済の征服を含んでいるとうけとるべきなのは宣長の指摘の通りであろう。征服は神功によって成されるが、応神にとって無縁だったわけではなく、むしろ、不可分にかかわるものだったと示すのである。いいかえれば、ことは「腹中」にあるときから応神のかかわるところであったという。「腹中」にあってそうであったということで、神功の話でありながら〝応神前史〟という意味をもって、「仲哀記」から「応神記」へ、ひとつづきの応神の物語としてうけとらしめるといってよい。

第二に、そうした物語のありようとして、「応神記」の側から、新羅人の渡来（一九二）、及び百済からのさまざまな「貢上」（一九二）を、「仲哀記」の、

かれ、ここをもちて、新羅の国は、御馬甘《みまかひ》と定め、百済の国は、渡の屯家《みやけ》と定めたまひき。（一七七〜一七八）

と相応じた、両者相まって完結するものとして見ておくべきであろう。百済からもたらされたのは、「牡馬壱疋《をまひとつ》・牝馬壱疋《めま》」「横刀また大鏡」「和邇吉師《わにきし》」「論語十巻・千字文一巻」「手人韓鍛《てひとからかぬち》」「呉服《くれはとり》の西素《さいそ》」「須々許理《すすこり》」ら、さまざまな文物・技術者であった。大事なのはそれらが「貢上」「貢進」されるのであって、決して一般的な文物の渡来ではないということである。それを、

応神記に一回きりのこととして一括して記されている諸文化到来の記事は、長年にわたる先進文化受容の歴史の古事記における集約的表現であった。

とか（倉塚曄子「胎中天皇の神話（上）」『文学』昭和五七年二月）、

応神朝は新来の文物・技術にいろどられた文明の時代と語られていた。

とか（前掲阪下圭八「天之日矛の物語(二)」）、文化乃至文明という次元で捉えるのでは本質からずれてしまうのではないか。「屯家」と定められた百済からの「貢上」であるものとして、その「王化」の完了を語ることに意味があるというべきではないか。新羅人の渡来また同様というべく、ここに新羅・百済と相ならぶことで、これを「王化」のうちに組みこむ物語として意味あるのだと認められる。

第三に、「新羅国王之子」たるアメノヒボコの話を「応神記」にかかげることも、同じ視点から捉えておくことができる。

系譜に従えば、アメノヒボコの四代の孫にあたるタヂマモリの話が「垂仁記」に掲げられ、年代的転倒を冒したというべきかたちであることは、はやく三品彰英「天之日矛帰化年代攷」(『日鮮神話伝説の研究』「三品彰英論文集」第四巻)などによって注目されてきた。三品氏は、そうした矛盾的問題的な記事のありようを「かかる記載を敢えてした『古事記』の態度」として問うて、

アメノヒボコの話は新羅王子の帰化ということが中心となって語られている点からすれば、当然それは応神天皇の時代に記入されねばならなかったのである。なぜなら既述のごとく『古事記』の年代史観では、三韓人の帰化は神功皇后の新羅征伐の後に配列さるべき事件なのである。

(傍点原文)

と捉える。基本的には従うべき見解だと考えるが、アメノヒボコの記事が「また昔、新羅の国王の子ありき」(一九七)と、「昔」としたうえで示されることにはもう少し留意したい。やはり、「漢・秦氏族の帰化と同時代的に考えている」(三品氏)とはいちがいに言い切れないし、『古事記』におけるタヂマモリの話との間の「矛盾」「自家撞着」(三品氏)とは簡単には断言できないのではないか。ヒボコからカヅラキノタカヌカヒメ(オキナガタラシヒメの母)にいたる系譜と、日子坐王からオキナガタラシヒメにいたる系譜(「開化記」)とは照合して左のように記すことができるが、世代関係のうえでは整合しているということができる。

天之日矛―タヂマモロスク―タヂマヒネ―タヂマヒナラキ―┬タヂマモリ
　　　　　　　　　　　　　　　　　　　　　　　　　　└タヂマヒタカ―カヅラキノタカヌカヒメ
開化―日子坐王―ヤマシロノオホツマワカ―カコメイカヅチ―オキナガスクネ
オキナガスクネ＝カヅラキノタカヌカヒメ―オキナガタラシヒメ

ヒボコは孝元代に相当する系譜的位置にはあるが「昔」という限りにおいて、神功を含むこの系譜が年代的混乱をきたしているわけではない。問題は、ヒボコの記事を「昔」とことわりながら、あえて、子孫タヂマモリの記事の四代あとに係けるということにある。それが「新羅国王之子」という点で、「仲哀記」の征服と相まって意味をもつことを再確認しつつ、新羅・百済を「王化」のうちに組みこんだことを語った（神功による征服から渡来・貢上を通じて全体として語りおおせられると見るべきことは前述した）のにかかわって特に新羅を「天下」の一部とすることの当為をあかしだてるものとして、「昔」のことを意味づけるのだというべきであろうと私は考える。「応神記」の最後に付加されたようなかたちになっているが遊離しているわけではない。なお、アメノヒボコの話は、神功との系譜上の関係で意味づけられているのだという神田秀夫「天之日矛」（『国語国文』昭和三五年二月）などの説があるが、そのことを含めておくことは必要だとしても、大事なのはいまのべてきた点のほうであろう。

以上、「仲哀記」「応神記」を、それでひとつの完結性をもったものとして見てきたのであるが、この点では、倉塚曄子「胎中天皇の神話（上）（中）（下）」（『文学』昭和五七年二・三・四月）も同じ立場をとる。ただ、倉塚氏は、「本質的に神話である」ものとして応神物語をとらえ、大嘗祭と八十島祭とを鋳型とする二部構成としてその構造を見るわけで、のべてきたような立場とは基本理解を異にする。

さて、対外関係をここに集約した第二部であるが、そこにあるのは現実の歴史なのではないことは確認しておこう。「天下」の構造の定位なのであり、理念の問題なのである。

第一部と第二部とをあわせた全体の問題としてもそのことは再確認せねばならぬ。要するに、「天下」という世界観の本質にかかわるところで、大八島国を中心として、新羅・百済という朝貢国（藩国）をもつところの「天下」がいかに達成されて現実の世界としてあらしめられることとなったかを語るのである。

なお、補足の意味で付言しておきたい。大八島国の外なる領域を新羅・百済のみにおいて語るのと表裏するというべき、中国には触れないという問題である。『日本書紀』が、神功について、ヒミコに関する中国史料を引き、神功とヒミコとの重ね合せを意図すること等をふくめて、中国を捨象するわけではないのに対して、『古事記』は中国にふれようとしない。中国を拒否しているともいえるが、その意識性をいま見過してすますわけにはいかない。

前掲阪下圭八「天之日矛の物語㈡」がすでにのべたごとく、

これは無関心とは全く逆の、むしろもっとも切実な関心事なるがゆえに、あえて切り捨てたということであろう。

阪下氏が、その「切り捨て」の所以を、「古事記にとって中国を視野に入れることは、語りとしての統一性の自己否定を意味したであろう」ということに見ながら、

中国を鋭く意識しつつあえてそれを疎外する形でしか古事記は成書化されえなかった。

というのは極めて示唆的であるが、私は、上にのべてきたところとかかわらせてこれをうけとめて、『古事記』が、みずから独自なひとつの世界であるという世界観を成りたたしめていこうとする、その必然的な結果であったと捉えたい。大八島国を中心として、その外に新羅・百済を藩（蕃）国としてもつという「天下」の構造を自己完結せしめるには、中国を視野に入れるわけにはいかない。世界観としての自己完結という点からの必然の要請であり、朝鮮のみを問題として、それを新羅・百済に集約してこの要請に応えていくと見るべきではないか。特に新羅の重要性については、阪下圭八「天之日矛の物語㈡」（『東京経済大学人文自然科学論集』六八）にも言及がある。「新羅はおよそ異国というものの説話上の典型としてとりだされた」と見るのであるが、「天下」にとっての「蕃国者新羅也」（『令集解』公式令「古記」）という意識を中心に見るべきだと考える。「蕃国」の代名詞に等しいのである。

5　下巻への視点——二人の大王

こうして、「天下」の構造の達成を語るものとして中巻を捉えるところから、下巻への見通しも可能になろう。下巻は、そうして達成され、あらしめられた「天下」について語るわけで、端的にいえば、その「天下」が、いかにあるべき充足をたもちつつ継承されてきたかを語るのだと認めてよいのではないか。そこにおいて、中・下巻の、「天下」にかかわるという点はおなじながらも、それぞれの独自な意義をもってなりたつところを見通すことができると考える。

具体的にのべよう。

下巻のありようは、中巻と表裏するところであるが、次の二つの点できわだたしめられている。

第一に、平定記事というべきものがない。「天下」にかかわる平定は、中巻ではたされるわけなのである。記されるのは皇位をめぐる争いである。ハヤブサワケの反逆（「仁徳記」）、スミノエノナカツオホキミの反逆（「履中記」）、カルノミコの廃太子（「允恭記」）、マヨワノオホキミの安康殺害（「安康記」）と、皇位継承をめぐる話が連結する。中巻にも、同じような皇位をめぐる争いが記されないわけではない。タギシミミの反逆（「神武記」）、サホビコの反逆（「垂仁記」）、カゴサカノオホキミ・オシクマノオホキミ（「仲哀記」）やオホヤマモリノミコト（「応神記」）の反逆と、密度はほぼ等しい程度に連続するといってよい。

ただ、中巻の場合、主軸はあくまで、神武―孝霊―崇神―景行（ヤマトタケル）による大八島国平定と、仲哀（神功）・応神による朝鮮半島平定ということにあるのであって、皇位をめぐる反逆のことはこれに副次的に絡まるという性格のものである。しかし、下巻の場合、平定記事はもたないわけで、反逆記事がむしろ正面におし出されてくる。比重が異なるのである。この点において、下巻のになう意義はすでに明示されているともいえる。端的にいえば、平定をおえ、もはや確定された「天下」の継承のみが問題だというべきなのではないか。

第二には、さきにもふれた如く、基本的には対外記事を捨象するということを明確におさえておくべきであろう。『日本書紀』と比べてそれは『古事記』のめざす意図としてうきたたせられるのである。『日本書紀』の場合、仁徳以下、『古事記』下巻に相当する天皇紀にも、新羅・百済・高麗・任那等に関する記事の詳細なことはいうまでもなく、『古事記』がわずかに「允恭記」に新羅の調使コンハチンカンキムが天皇の病を愈したこと（二二六）と、「雄略記」に呉人が渡来したこと（二四〇）とを記すだけで、捨象するといってよいことと全く異なる。

そのように、意識的にこれを切り捨てることにおいて、下巻として語るべきところ、すでに達成されたものとしての「天下」なのであることを示しているというべきではなかろうか。

右のような点から、下巻の輪郭は、中巻とははっきりと異なるかたちで認められる。川口勝康「帝紀論の可能性」(『国文学』昭和五九年九月)が、中巻を「国家の物語」、下巻を「日継の物語」と規定したことを想起しつつ、「天下」の継承が主題だと認めるべきであろう。中巻をうける下巻としてはそう見通しをつけて、下巻としての意義をうけとめることができるのだと考える。

それは、下巻を特徴づける次の事実を見ることと相まっていっそうたしかな認識となろう。すなわち、下巻の各天皇記の書き出しに注目したい。たとえば「履中記」は、

子、伊耶本和気《いざほわけ》の王、伊波礼《いはれ》の若桜の宮に坐して、天の下治めたまひき。(二一九)

と書き出す。「○○、○○の宮に坐して、天の下治めたまひき」と、各天皇を書きおこすのは、中・下巻を貫く定型である。下巻もそれで一貫するのであるが、中巻においては、同様の形ながら、前代との関係(顕宗・継体については前代との関係とはいえないが、下巻の基本としてはそういえよう)においてその天皇を示すことはないのである。前代の「子」であるというふうに、関係を示してはじめるのは下巻の独自なありようなのだ。そのことの意義としては、さきの第一の点と見合わせて相まって、継承の関係を示すことにあり、まさに、継承を主題とするのだと、なおたしかに言うことが許されよう。

「天下」の継承——すなわち、「天下」の正統に継承されてきたところを語り示すことが、下巻の主題であり、下巻のになうところだとあらためていおう。

そして、それは二人の天皇——まさに、大王としての仁徳・雄略の二人を中心としてすえて語られ

るのだと見定めておかねばならない。

下巻の構造は、その時代を二人の偉大なる天皇（仁徳と雄略――神野志注）に象徴される時代と捉え、その皇統が統合されて舒明天皇即位に至る次第を、物語と系譜によって示したものとすることができよう。（『日本文学全史　上代』第三章2）

と、吉井巌氏が示した下巻の概括は、この点をいいあてているとうけとめたい。

いわば、二人の大王に代表せしめて語るのである。そのことは、いまものべた、継承関係を明示するという下巻の独自なありようにおいて、仁徳と雄略と武烈とのみ、それをしない点に明らかであろう。武烈については例外というべきかもしれないが、これらが継承関係を示さないのは、じつに、それとの関係から発するものとして継承を示すということに外ならないといえる。

記事として仁徳・雄略が詳細で分量的にも下巻の大きな比重を占めることはいうまでもないが、それは右のような下巻のありよう――仁徳・雄略を軸として「天下」の継承を語るということにおいて捉えすえられてくるべきものなのである。

6　仁徳・雄略の歌謡物語

下巻の中心をなす二人の大王は、歌謡物語をもって語られる。仁徳においてそれはより顕著なのであるが、歌謡物語は、下巻の主題をになうものとしての二人の大王を語るための方法となっている。換言すれば、歌謡物語の方法によって、下巻の主題は具体化されたと認めてよいのではないか。

見るべきなのは、単に、仁徳・雄略を軸とした関係において「天下」の継承を語るにとどまらず、その「天下」があるべき充足をたもってあったということとともに継承を語ることであろう。それは、歌謡物語というかたちをとり、これをもって可能にしえたことであったと見定めておくべきだと考える。

下巻をつうじて歌謡はのべ六十首を数える。「允恭記」の、

笹葉に　打つや霰《あられ》の　たしだしに　率《ゐ》寝てむ後は　人はかゆとも
愛《うるは》しと　さ寝しさ寝てば　刈薦《かりこも》の　乱れば乱れ　さ寝しさ寝てば　（八二七〜八二八）

を二首と見る説もあるが（たとえば、土橋寛『古代歌謡全注釈　古事記編』）、『古事記』としては、「こは、夷振《ひなぶり》の上歌《あげうた》ぞ」（八二八）とするように、一首として扱っていることが明瞭なのである。二首ならば「この二つの歌は」とあるべきところ、やはり一首と認めて、のべ六十首となる。うち、「仁徳記」に二十三首、「雄略記」に十四首を集中するのであって、二人の大王で六割以上をしめる。「仁徳記」「雄略記」を歌謡物語としてつくり上げることによって、他とは異なる特殊な比重をせおう二人の大王たらしめることが、そこにすでに明らかだとはいえまいか。

ことは「仁徳記」に、より顕著である。「仁徳記」は、定型的系譜記事を除いた、ほとんどすべて

が歌謡物語からなる。物語的記事のはじめに、人民の困窮を見て三年の課役を免除したという、「聖帝」たる所以を示す話をおくほかは、全て歌謡物語なのである。このような特異な天皇記は、全編歌謡物語という「允恭記」（軽太子の歌謡物語）をおいて他にないのであり、きわだつところである。

下巻巻頭をにない、下巻の中心たる位置に立つ仁徳は、まさに歌謡物語によって語られるべきものであった。

具体的に見よう。

いくつもの歌謡物語をつなぐかたちは一見して明らかであろう。(1)クロヒメをめぐる物語、(2)イハノヒメとヤタノワキイラツメをめぐる物語、(3)メドリノオホキミの物語、(4)雁の卵祥瑞譚、(5)枯野という船の話、と五つを数えることとなる。ただ、大きく二部と認めることができる。(1)・(2)・(3)は、イハノヒメというたて糸をもってつながるところであり、(4)・(5)はともに祥瑞譚としての同じ性格をもってひとつづきといえる。

まず、(1)〜(3)であるが、(1)・(2)と、(3)とではやや性格は異なるが、しかし、全体としてイハノヒメにつなぎとめられる。そこになにを見ていくべきか。問題をうきたたせるために、(2)における『古事記』『日本書紀』の差に目を向けることとしたい。『日本書紀』「仁徳紀」の二十二年条から三十七年条にかけてのべられるところが、共通する歌をもいくつか含んで(2)と対応する。だが、両者の間で決定的に相違するところとして、『古事記』はイハノヒメと天皇との和解をもって決着するのに対して、

『日本書紀』はついに和解することなくおわるのである。その差はきわめて大きなものがある（参照、吉井巌「石之日売皇后の物語」『天皇の系譜と神話　二』）。『古事記』は、

つぎねふ　山代女《やましろめ》の　木鍬《こくは》持ち　打ちし大根《おほね》　さわさわに　なが言へせこそ　うちわたす　八桑《やがは》枝《え》なす　来入り参来れ　（二一三）

の歌を最後におき、そのまま話をとじる。末二句は、「率来坐る諸司の御供人等の多く盛に茂きこと」（『古事記伝』）をあらわすと見るべく、うちそろってのめでたさであり、終局の大団円として后と天皇との和解が大王と大后にふさわしくありえたのをいうとうけとめられる。これに対して『日本書紀』は、

乗輿《すめらみこと》、筒城宮《つつきのみや》に詣《いた》りて、皇后《きさき》を喚《め》したまふ。皇后、参見《まゐあ》ひたまはず。（三十年十月。四〇二）

遂に奉見《まゐあ》ひたまはず。（同）

皇后磐之媛命《いはのひめのみこと》、筒城宮に薨《かむさ》りましぬ。（三十五年六月。四〇二）

皇后を乃羅山《ならやま》に葬りまつる。（三十七年十一月。四〇三）

と、和解することのないままにおわって、イハノヒメは薨じる。この記紀の間の決定的な差をつうじて、『古事記』は、イハノヒメをも含めて、仁徳をめぐる女性たちとの和合を語ることで物語をつくりあげようとしていると見るべきであろう。イハノヒメのみならず、(1)は、仁徳の菜つみの歌と、クロヒメの仁徳をおくる歌とをもって、クロヒメとの和合ないしむつみを語り、(2)のヤタノワキイラツ

メと仁徳との唱和これまたあいむつむことを内容としてうけとるべきであろう。ワキイラツメの、

　八田《やた》の　一本菅《ひともとすげ》は　一人居りとも　大君し　良しと聞こさば　一人居りとも　（二一四）

という「一人居りとも」は、前の仁徳歌の「子持たず」をうける。后妃皇子女記事に「御子なかりき」（二〇四）とするのとも対応すべきものである。独り身でおりましょうとも、の意（たとえば、土橋『全注釈』はこうとる）とはいいがたく、

　御子は無くとも、縦思《ヨシオモ》ほし棄《スツ》る事はあらじと、天皇《オホキミ》の詔はゞ、独居《リリ》とも、なほ頼もしくこそ思ひ奉らめとなり、（『古事記伝』）

という宣長の解につきたい。そうした女性たちとのむつみ合い――和合は、やはり大后との和合を中心として示されるのであり、まさに王者の和合と呼ぶのがふさわしい。換言すれば、(1)・(2)は王者にふさわしかるべき「色好み」を語っている。そうであることにおいて、「聖帝」仁徳の物語として意義あるものなのである。

　別ないいかたをすれば、(1)・(2)の、かかる「色好み」――恋愛の物語をもって「聖帝」たることを証しだてるのである。「色好み」は、必須の王徳というべきであること、はやく折口信夫の明確に説いたところであった。

　我々の国には、色好みの神があり、色好みの帝があり、そしてそれが皆人間の手本とも言ふべき生活をしてゐるものと認められてゐた。大国主もさうであり、人間世界では、高津の天皇が、最

もその規範でゐられる。これを日本人は攻撃する理由がない。日本人はその生活を総べて認容しなければならないと言ふ理会のもとに、幾代を経て来てゐる。むしろ積極的に、さう言ふ人は、色好みの生活をしなくてはならぬとすら考へてゐたものと思はれる。多くの女性に逢ひ、多くの女性の愛を抱擁し、多くの女性を幸福にし、広い家庭を構へ、多くの児孫を持つと言ふ事が、古代の人としては、何の欠陥もない筈であつた。そしてその愛恋の生活を、如何に整頓し、如何に破綻なくしてゐるかと言ふ事が、結局は、その尊い人の徳と言ふ事になつてゐる。（『折口信夫全集』第十四巻「国文学」）

右の発言とともに、(1)・(2)の本質は、のべたごとくにたしかめておくことができよう。(3)は、そのような恋愛物語とは性格を異にする。吉井巌「石之日売皇后の物語」（前掲）は、これを「付篇」と認め、後で加えられた要素とした。そして、自らの意志で行動し反逆する女性に共感をもって語りすすめていくとき、イハノヒメと天皇との和合の愛を語るということに対して否定的に矛盾するものをはらむことをも見ようとした。それは、(3)の異質さの含む問題性を鋭く衝いたものであった。だが、にもかかわらず、『古事記』としては、反逆討伐の後日譚としてイハノヒメにかけて語ることによって、話としてイハノヒメの糸につなぐのみならず、その話のになうところとしても他と矛盾なく統一せしめえているのではなかろうか。討滅後の豊の楽のおり、メドリノオホキミの手にまいていた玉釼を奪ってそれを身につけていたことを咎めて、

「その王等《みこたち》、礼《ゐや》なきによりて退《そ》けたまひき。こは異《け》しき事なくこそ。それの奴《やっこ》や。おのが君の御手に纏《ま》かせる玉釧《たまくしろ》を、膚も煴《あたた》けきに剝ぎ持ち来て、すなはちおのが妻《め》に与へつること」とのらして、死刑《ころすつみ》に給《おこな》ひたまひき。（二一七）

という。『日本書紀』では、皇后八田皇女にかけて語る（「仁徳紀」四十年是歳）。イハノヒメにかけて定位しようとするところに、『古事記』の一貫した志向をみながら、それを「礼」の問題として語り示すことに注目したい。「礼」――あるべき秩序を王とともにたもつ。大王にふさわしかるべき大后なのだ。それはいわば「后徳」を語るのだといえよう。かかるイハノヒメの「后徳」もまた仁徳の王者たるを証しだてる。⑴・⑵のあらまほしき和合とあいまって意味をもつところを、こうして⑶に見てとれる。そうしたありようにおいて、⑴〜⑶をイハノヒメという糸につないで一貫せしめながら、破綻なく全体がなりたつと考えるのである。

かくて、⑴〜⑶がイハノヒメの糸でつながり、ひとつづきであって、仁徳の「聖帝」――大王たることを証しだてるべく、理想的な王者のすがたを語り上げようとすることに収斂するとまとめることが許されよう。

⑷・⑸の祥瑞譚が、仁徳治世のめでたさを証すという意味をもつことはいうまでもない。ともに、ありうべからざるものがありかえたという、仁徳の世のめでたさをいうのである。

以上、歌謡物語をつうじて、はじめに「聖帝」としたそのことを、具体的に肉づけしつつ証しだてるのだとあらためていおう。それは、下巻巻頭にあって、中巻をひきうけて、「天下」をいかにあるべき充足をもってたもちえたかということを語ることに帰着する。かく、あらまほしく、充足をもって「天下」をたもつことを語るうえに、はじめて、その継承を語っていくことも意味あるのだといわねばなるまい。

「仁徳記」ほど顕著ではないけれども、「雄略記」も、仁徳とならんで「天下」の継承の中心にたつものとしての雄略を、やはり、歌謡物語をつうじて（少くとも歌謡物語を中心として）語り上げていこうとする。あらまほしく、充足をもって「天下」をたもつ大王の姿を語ることをもって、めでたき「天下」の継承として下巻の主題を具体化するのだと認めていくべきものである。

いま、「雄略記」の結びに注目しよう。ここには寿歌五首を集中する。豊の楽の場というめでたい宴の場における歌だとする寿歌の連続をもって「雄略記」はとじられる。すなわち、これらの歌をつうじて、雄略治世のめでたさを語り上げようとする。

特に目を向けたいのは「天語歌」三首である。なかでもその第一首目、

纏向《まきむく》の　日代《ひしろ》の宮は　朝日の日照《ひで》る宮　夕日の　日翔《ひかげ》る宮　竹の根の　根足《ねだ》る宮　木《こ》の根の　根《ね》
延《ば》ふ宮　やほによし　い築《きづ》きの宮　まきさく　檜《ひ》の御門《みかど》　新嘗屋《にひなへや》に　生《お》ひ立《だ》てる　ももだる　槻《つき》
が枝《え》は　上《ほ》つ枝は　天を覆《お》へり　中つ枝は　東《あづま》を覆へり　下枝《しづえ》は　鄙《ひな》を覆へり　上つ枝の　枝《え》の
末葉《うらば》は　中つ枝に　落ちふらばへ　中つ枝の　枝の末葉は　下《しも》つ枝に　落ちふらばへ　下枝の

枝の末葉は　ありきぬの　三重《みへ》の子が　捧《ささ》がせる　瑞玉盞《みづたまうき》に　浮きし脂　落ちなづさひ　水《み》なこをろこをろに　こしも　あやにかしこし　高光る　日の御子　事の　語り言も　こをば　（二五〇～二五二）

天皇のもとになりたつ秩序をここに歌いこめる。槻をもって「天」・「東」・「鄙」と指すところ、天皇のもとになりたつ世界にほかならない。「天を覆へり」という「天」は、「日の御子」とのかかわりでとらえたい。「天」につながる「日の御子」への讃美と解しておく。「東」・「鄙」は、天皇の秩序のもとにそこまでをも収めるというのだ。「東」にたいするものとして「鄙」は西国をいうとする説、たとえば、倉野『全註釈』に、

鄙は都から遠く離れた地方の意でアヅマもその中に入るけれども、ここは東国に対して西国に限定されたものと見るのがよい。

というのは、「鄙」の用例に即して必ずしも肯いがたい。むしろ、「鄙《ヒナ》といふに、東《ノ》国もこもれるを」、なにゆえに「かく別《コト》に東《アヅマ》をいへる」か（『古事記伝』）と問わねばなるまい。宣長は、

かく別《コト》に東《アヅマ》をいへるは、只上枝中枝下枝と、三《ツ》に分充《ワケアテ》ていはむ料のみなり、

としておわるが、やはり意味はあると見るべきではないか。「纏向の日代の宮」（景行を想起させるこというまでもない）という歌い出しのもとめるところとして、対応させたいのは、ヤマトタケルの東国平定である。

かれ、その坂に登り立ちて、三たび歎かして、「あづまはや」と詔云《の》らしき。かれ、その国を号《なづ》けて、阿豆麻《あづま》といふ。（一六四〜一六五）

と、アヅマの号の由来をも含めて語られたものである。大八島国平定において、アヅマはかく特別に語られねばならなかった。西郷信綱「アヅマとは何か」（『古代の声』）が、ヤマトタケルの東征にはクマソタケルのような相手があらわれてこないことに注意しつつ、

　これはむしろ中央から眺めた場合、東国は一人の人物で代表されるにはまだあまりにも広大で混沌としており、それだけいっそう無気味な力として感じられていたことを示すものではないかと思う。

と意味づけたことも想定される。「鄙」で含みこむというわけにはいかないところがあり、とりたててアヅマを収めることをいわねばならぬのを、ヤマトタケル東征を対応させつつうけとめたい。「東」も、「鄙」（都の外なるところの総称）も、といって、天皇のもとにめでたく秩序あらしめられている世界「天下」をあらわすのである（この歌は大八島国のことについていうとうけとめられるが、それを中心に、藩（蕃）国を周辺にもつものとしての「天下」の、元来の中心世界を歌うと見ておきたい）。

　そのめでたさを盃に葉がおちたことにまで言い及ぼすのであるが、そこでは「浮きし脂」「こをろこをろ」と、イザナキ・イザナミの国づくりの情景に見たてることによってこの御世のめでたさを証

しだてるものとしていいあらわして一貫する。

次に、国稚《わか》く、浮ける脂のごとくして、くらげなすただよへる時に、（二六）

かれ、二柱の神天の浮橋に立たして、その沼矛《ぬぼこ》を指し下《おろ》して画《か》かせば、塩こをろこをろに画き鳴《な》して、（二七）

とあったことと対応させつつ、

此は、此国土《ノクニツチ》の成《リ》始めたる事にて、いとも〳〵たふとく好《メデタ》き故事《フルコト》なる故に、今落葉の御盞に浮べるを、是《レ》によそへて、寿《ホギ》奉れるなり、（『古事記伝』）

と宣長のいうのに従うべきであろう。そして、大事なのは、そのように神話的によそえられることにおいて、神話的に保障されたこの世界としてのめでたきあかしを確認する意味をもつということであろう。そのような世界であるという確認とともに、たぐいなく充足した御世をたたえ上げることになるのである。

なお、歌いおこしの「纏向の日代の宮」は景行の宮であって、雄略の「長谷《はつせ》朝倉《あさくら》の宮に坐して、天の下治めたまひき」（二三九）という宮としてはあわない。『古事記伝』をはじめとして論議のあるところだが、要は、景行代のヤマトタケル東征を喚起しつつ、雄略において、天皇の世界「天下」の、あるべき充足をもってなりたつのを語るということにあると考える。

「天語歌」の他の二首はこれと相応じて、一方は、椿をもって「そが葉の広《ひろ》りいまし　その花の照りいます」大君をたたえあげ（二五二）、他方は、「ももしきの大宮人」を「高光る日の宮人」と特異に歌い（二五三）、相まって、長く伝えられてきた（「事の語り言もこをば」と、三首にくり返される結びがその保障となる）この御世のたぐいなさを証しだてるのである。

以上、「雄略記」についても、「仁徳記」と同じ観点から見るべきことをたしかめてきた。下巻が、「天下」の継承を、その「天下」があるべき充足をたもってあるということとともに語ることを明らかにしてきたのであるが、そのように継承されてきた「天下」と、この現実の世界とがつながるのである。現実の世界を、まさにそこからつながってあるものとして保障するのである。あらためて世界観の問題といわねばならぬことをたしかめてまとめとしたい。

中・下巻については、大八島国を中心とする「天下」の成りたち（中巻）と、その充足のうちに継承すること（下巻）を語るとおさえたうえで、その「天下」――「葦原中国」（上巻）をもって『古事記』全体としてのひとつの世界を成りたたしめるのだと再確認しよう。そこに、『古事記』の世界観の構築を見るべきなのである。世界観という視点からは、『古事記』全体をこのように見通すことができるのではないか。もって本書の結論とする。

あとがき

本書は、作品としての『古事記』の全体像把握のひとつの試みである。前著『古事記の達成――その論理と方法――』(昭和五八年、東京大学出版会)の続篇であり、直接には前著所収の「「高天原」と「葦原中国」」(初出は『国語と国文学』昭和五七年一一月)からの発展として成された。

右の論を端緒として、「天下」の意義について考察することによって、中下巻をも見通す、世界観という視点を得るとともに(「「葦原中国」と「天下」」『五味智英先生追悼　上代文学論叢』、昭和五九年)、神話的世界について考えることが本書のもととなったものである。この間の既発表論稿をもとに、これを補訂して再編し、さらに新稿を加えたが、論文集という体裁はとらずに、ひとつの主題の展開としてよみ通せるかたちをもくろんで編成した。

吸収した既発表論稿は次のとおりである。

第一章

「「葦原中国」と「天下」」(前掲)をもととする。

第二章

1、2は新稿であるが、2の内容は前著所収「「神代」の始発」の縮約である。3は、「神代紀における「葦原中国」」(『国語と国文学』昭和五九年六月)の一部をとった。補説は新稿。なお、1、3で『古事記』序文に言及し本文との異質さをのべたが、これは前著所収「ムスヒの神」の小見の訂正を意図する。

第三章

新稿。

第四章

新稿。但し、2は前著所収「アマテラス大御神」の第二節と内容的に重なる。

第五章

「「黄泉国」をめぐって」(『風俗』七六、昭和五九年九月)をもととする。

第六章

「「根之堅州国」をめぐって」(『論集上代文学』一三、昭和五九年)をもととするが、1、2は新稿。

第七章

「〈ワタツミノ神の国〉をめぐって」(『国語と国文学』昭和六〇年七月)をもととする。

第八章
1、2は新稿。3に、「「葦原中国」と「天下」」(前掲)の一部をとり、4は「神代紀における「葦原中国」」(前掲)をもととする。

第九章
1〜4は、「『古事記』中巻をめぐって」(『日本文学』昭和六〇年一二月)をもととし、5、6は新稿。

神話的世界に論が偏るのは、問題関心のなせるところではあるが、神話研究史への批判をこめて『古事記』論としての立場をここで明確に具体化しようとしたことにもよる。その立場は「はじめに」でものべ、本書中にもくり返しのべてきたところだが、本書の基底をなす問題意識としてたしかめなおす意味で、『史学雑誌』昭和五八年五月の「一九八二年の歴史学界——回顧と展望——」に寄せた拙文の一部を摘記しておきたい。

神話研究は数年前の盛況と比べればやや鎮静状態といえる。端的にいえば、盛んになされた多数の論考が研究の水準をおし上げてさらにその先の課題を明らかにしていくというものにはならずにおわって、研究の持続的深化にいたらなかったのだといってよい。ただ、多様に拡散した研究状況は、方法的な違いという問題を考えさせるとともに、方法の反省・自覚を促すという点では、新たな展開への内発とはなろう。たとえば、大内建彦ら六氏の「シンポジウム　神話研究の現況と課題」(『古代研究』一三、一九八一)を、そのひとつの徴表として挙げておく。特に、大林太良・吉田敦彦両氏によって領導された比較神話研究への厳しい批判を示しつつ、どの次元に対してどうアプローチするかが問題であることを考えようとする(その内容は各人バラバラで拡散的現状況を反映しているが)のは、当然の方向であろうと思われる。(中略)

記紀をもととして神話を論じるのは、どの次元を相手どり、それに応じてどのような資料批判を加えてすすめるかという方法的立場について自覚的でないところではすれ違いにおわってしまう。『古事記』(〈日本思想大系1〉岩波書店)の神話関係の頭注・補注にはこの点で失望を覚えざるをえない。注としての立場をどこにおくか自覚的ではないのではないか。古事記の思想という点で(思想大系の一巻としての趣旨は当然そこにあろう)その神話を捉えていこうとする立場は、多くの紙数を得ている補注にも見出しがたい。たとえば、高天原について、「政治的性格の強い特殊なもの」とするが(補注)、中村啓信「高天の原について」(『倉野憲司先生古稀記念上代文学論集』桜楓社)や吉井巌「古事記の作品的性格」(『石井庄司博士喜寿記念上代文学考究』塙書房)がすでに明らかにしているように、古事記の達成した新しさ、独自性として高天原という神話的世界をとらえるのでなければ古事記の問題として捉えたことにはならないであろう。これをはじめとして頭注・補注を通じて諸説は参看されても、古事記神話の特質が明確にされることはないままに終るのである。

これに対して古事記を独自なひとつの構造を有する作品として相手どり、その論理・方法を解明するという立場を、明確に自覚して成されたものとして、倉塚曄子「胎中天皇の神話」(『文学』五〇―二・三・四)、佐藤正英「黄泉の国の在りか」(『現代思想』一〇―一二)は、それぞれ問題を深化させてきた。前者は、応神天皇の物語の神話的構造を捉え出そうとする。八十島祭の投射をうけた新羅征伐の話と、大嘗祭を鋳型とするそれ以後の話と、二部構成をもつものとしてその特徴を見ながら、そうした構造において「最後の神話」であった応神物語の意義を見届けようとするものである。古事記にとっては「天孫降臨神話とパラレルな、いうならば胎中天皇の降臨神話」だという把握は、応神物語の本質的な問題性の一端を照射している。(中略)後者佐藤氏の論は、「『古事記』の世界」としての黄泉国を古事記に即して捉えようとしながら、黄泉国は「地下にある他界ではなく、『磐根こごしき』山にあるところの他界」とする把握を導き、高天原―葦原中国―黄泉国という三層的神話的世界像への批判を提起する。佐藤氏が黄泉国を「葦原中国の上に位置している」と見ることについてはなお留保したいところもあるが、神野志「『高天原』と『葦原中国』」(『国語と国文学』五九―一一)も論じたように、古事記において黄泉国はあくまで葦原中国に関る世界、つまり葦原中国の「うつしき青人草」の死んで行く世界なのであって、高天原にまで関って神話的世界の構造を担うものとはいえないであろう。高天原―葦原中国―黄泉国という三層的神話的世界像は広く認められつつあるが、見直さるべき点があることを、佐藤氏や神野志らは提起しているのである。そうした古事記の世界像に対して、日本書紀やさらには記紀の基底の神話的世界像が問い返されていくはずである。古事記に比して手薄な日本書紀「神代」論の新しい展開を待望しつつ、方法について自覚的であり、それぞれの射程と有効性とをわきまえながら進むところでのみ、論議の歯車の嚙み合った研究の持続的深化が可能ではないかと改めて思う。

ここにのべたことと相応じて、本書は『古事記』論たることをめざしてきたつもりである。

なお、本書刊行にあたっては山中裕先生の御高配を頂いた。厚く御礼申し上げる。

一九八六年三月

神野志隆光

わたしにとっての『古事記の世界観』

神野志隆光

このたび『古事記の世界観』（以下、本書という）が、「歴史文化セレクション」の一冊として刊行されることとなった。本書は、『古事記』にかかわるものとして刊行されたわたしの著作のなかで、もっともはやい時期に属するひとつである。研究書・注釈書・一般書をとりまぜて時間順に並べれば、『古事記の達成――その論理と方法――』（東京大学出版会、一九八三年）、本書（一九八六年）、『古事記――天皇の世界の物語――』（NHKブックス、一九九五年）、新編日本古典文学全集『古事記』（山口佳紀と共著、小学館、一九九七年）、『古事記と日本書紀――「天皇神話」の歴史――』（講談社現代新書、一九九九年）、『古代天皇神話論』（若草書房、一九九九年）、『漢字テキストとしての古事記』（東京大学出版会、二〇〇七年）、『複数の「古代」』（講談社現代新書、二〇〇七年）となる。

『古事記の達成』（以下、『達成』という）に収めた、もっとも古い論文が一九七五年のものだから、三十年以上も『古事記』にかかわってきたことになる。そのなかでふりかえれば、最初の『達成』と、本書とによって、わたしの研究の方向性は決定づけられたといえる。『達成』もこのほど復刊され（二〇〇七年九月）、本書も新装成るというのは、その出発点にたちもどる思いがする。

＊

この二著で確かにしえたことは、『古事記』をひとつの完結した作品としてとらえるという方法的立場、一言でいえば、作品論的立場である。「記紀」といって、『古事記』『日本書紀』を合わせて見るような研究が、成立的見地からおこなわれてきたのに対して、さらに、そうした研究が、部分的に神話的物語やヤマトタケルなどの説話を取り上げるようなやりかたでなされることが多かったのに対して、批判的に、『古事記』が、ひとつの作品として全体を構築することを見ようとしてきたのである。『達成』は、そうした立場をこめた書名であった。あたりまえのことだが、神話もさまざまな話も、『古事記』という作品を構成する部分なのである。

本書は、この『達成』の志向をより具体化したものである。「あとがき」に記したようないくつかの論文をもととしているが、論文集でなく、全体を書き下ろして、ひとつの主題で読み通されるものとした。『達成』の方法的立場が、『古事記』の作品論的全体把握として可能であることを追究したのである。とりわけ神話的物語について、「記紀神話」、あるいは、「日本神話」というとらえかたでなく、全体として作品としての『古事記』においてとらえられるべきことを、「世界観」という点に集約し、それによって中下巻の天皇の世界の物語までを見通そうということに力点があった。一九七〇年代は、「日本神話」研究が流行《はや》りであった。『シンポジウム日本の神話』（全四巻、学生社、一九七二〜五年）、『講座日本の神話』（全十二巻、有精堂、一九七七〜八年）のごときに、その状況はうかがえよう。そこに見られるようなありように対して批判的に、あくまで作品において見ようとするのが、本書の意図であった。

作品のなかにとどまるといえば、比較神話論や伝承論のような視野の広がりがなく、限定的で消極的だとうけとられるかもしれない。しかし、それがむしろ方法的に積極的意味をもつものだと、いまあらためて主張したい。伝承があって（そこにも展開があって）、それが政治的に変容されつつ、『古事記』や『日本書紀』にとどめられるという図式は、歴史的把握としてわかりやすい。だが、見ることができるのは、『古事記』としてあるテキスト以外ではない。テキストのそとに出て、伝承を論議しても、作品にあらわれたものを投影するに過ぎないのではないか。所詮、検証不可能でもあるところに問題をもちだすだけだといってもよい。

完結した作品としてとらえるということを、作品として完璧だと見ることだと誤解（ないし、曲解）したむきもあった（いまもある）。しかし、作品論的立場のいわんとするところ、だれも否定しようがないはずだが、『古事記』としてあるところで意味をもつことをぬきにしてなにもはじまらないということなのである。そうした作品把握（全体としての『古事記』のテキスト理解）ぬきに、比較したり、歴史的に成立を考えたりしてきたことを批判したのである。

＊

本書で提起したところは、「はじめに」の二ページに縮約したとおりである。上巻が「葦原中国《あしはらのなかつくに》」という神話的世界を価値ある中心世界として構築し、その中心世界につながるものとして天皇の世界「天下」は保障される。中巻は、朝鮮を藩国として含む「天下」の構造の成り立ちを語り、下巻は、その「天下」の正統な継承を語るのであって、三巻全体が、天皇の世界の物語だということにつきる。

そこで、神話的世界が、「高天原《たかあまのはら》」―「葦原中国」という、天地の世界を機軸とするのであり、その地上世界（国）の側に、「黄泉国《よもつくに》」、「根之堅州国《ねのかたすくに》」、海神の国があると見るべきことを論じ、「黄泉国」＝地下世界説や、それによって三層構造の世界として見る説（西郷信綱『古事記の世界』など）に対する批判を明確にした。思い込みをもちこむのでなく、『古事記』に即して読むならば、「黄泉国」が地下の世界だといった理解などは出てきようがないのである。

『日本書紀』の世界像との相違について明確にすることとともに、それはなされえたのであった。『古事記』は、はじめから天の世界「高天原」があるものとして語るのに対して、『日本書紀』は、陰陽論によって天地の成り立ちそのものから語る。「記紀神話」でなく、コスモロジーの異なる、『古事記』の神話・『日本書紀』の神話としてとらえねばならないという提起である。ここから始めえたのだと、あらためて、本書のわたしにとっての意味を思う。

＊

一歩すすめるならば、神話が多元的に成り立つのであり、それは、伝承としてあったものが書かれるというような質のものではありえないのを見るということである。『古事記』・『日本書紀』という作品（テキスト）において成り立つ、天皇の神話だ（天皇の物語の一部であり、天皇の正統性を語るものとして、一般的に神話というべきものではない）ということである。稗田阿礼の「誦習」があったと序文がいうことにからめて、『古事記』のもとに伝承があったことを見ようとすることがあったし、今もなおあるが、伝承の虚構としてこれを批判しつつ、作品において成り立つ神話として見るということに至りつくのである。

自己批評としていえば、本書は、その一歩をすすめえないでとどまっている。問題把握が未成熟だったというしかない。一九九九年の『古代天皇神話論』（ほぼ、一九九〇年代の論をおさめた）にいたって、それを果したといえる。一歩は遠かったのである。

遠い一歩を越えたとき、はっきり見えてきたものは、『古事記』であれ、『日本書紀』であれ、神話的物語はテキストのレベルにあるのであって、伝承のレベルとはべつにとらえねばならないということであった。人麻呂の草壁皇子挽歌（『万葉集』巻二・一六七歌）の神話的表現を、『古事記』『日本書紀』にあわせて見る（いまも『万葉集』注釈の水準はそこから脱却できないでいる）のでなく、人麻呂の歌が成り立たせる天武天皇の神話として見ることも、そこにひらかれる。人麻呂は、あった神話を歌ったのでなく、歌において神話を成り立たせた、ないし、時代の思想をつむぎ出したと見るべきなのである（『柿本人麻呂研究――古代和歌文学の成立――』塙書房、一九九二年は、この一六七歌の論を得てまとめることができた）。

そこから、なぜひとつの神話（「記紀神話」「日本神話」）として考えてきたのかと、わたしたちを規制する「記紀神話」「日本神話」という制度（そのもとで「記紀批判」という「研究」を成り立たせてきた）を対象化して振りかえるとき、歴史のなかで神話を作り直し（再生産）続けてきたという営みと向かい合うことになる。その営みは、テキストの運動（テキストを解釈し、再生産するのであって、「研究」もふくめてそういってよい）というべきだ――、『古代天皇神話論』に収めた諸論の立つところはここにある。それが、本書から踏み出したところで得たものであった。

一九九九年に、この論文集とともに、変奏される神話の歴史を見通す『古事記と日本書紀』を書き下ろした。二〇〇七年の『複数の「古代」』も、多元的な天皇神話を見ることの必然として、テキストにおいて成り立つ「古代」（「歴史」）として見ることに至ったものにほかならない。

本書が成ってから二十年余、本書によってこうした展開を得られたのだと思う。

〈二〇〇七年十二月〉

＊本書は、一九八六年（昭和六十一）に吉川弘文館より初版第一刷を刊行したものの復刊である。

著者略歴
一九四六年　和歌山県に生まれる
一九七〇年　東京大学国語国文学科卒業
現在　東京大学教授、博士(文学)

〔主要著書〕
古事記の達成―その論理と方法―　柿本人麻呂研究―古代和歌文学の成立―　古事記―天皇の世界の物語―　古事記(新編日本古典文学全集1、共著)　古事記と日本書紀―「天皇神話」の歴史―　古代天皇神話論　古事記(21世紀によむ日本の古典1)　「日本」とは何か―国号の意味と歴史―　漢字テキストとしての古事記　古事記(日本の古典を読む1、共著)　複数の「古代」

歴史文化セレクション

古事記の世界観

二〇〇八年(平成二十)二月二十日　第一刷発行

著　者　神《こう》野《の》志《し》隆《たか》光《みつ》
発行者　前田求恭
発行所　株式会社吉川弘文館
郵便番号一一三―〇〇三三
東京都文京区本郷七丁目二番八号
電話〇三―三八一三―九一五一〈代表〉
振替口座〇〇一〇〇―五―二四四番
http://www.yoshikawa-k.co.jp/
印刷＝株式会社 理想社
製本＝誠製本株式会社
装幀＝清水良洋

ISBN978-4-642-06344-9

歴史文化セレクション

発刊にあたって

悠久《ゆうきゅう》に流れる人類の歴史。その数ある文化遺産のなかで、書物はいつの世においても人びとの生活に潤《うるお》いと希望、そして知と勇気をあたえてきました。この輝かしい文化としての書物は、いろいろな情報手段が混在する現代社会はもとより、さらなる未来の世界においても、特にわれわれが守り育て受け継がなければならない、大切な人類の遺産ではないでしょうか。

文化遺産としての書物。この高邁《こうまい》な理念を目標に、小社は一八五七年(安政四)の創業以来、専《もっぱ》ら日本史を中心とする歴史書の刊行に微力をつくしてまいりました。もちろん、書物はどの分野においても多種多様であり、またそれぞれの使命があります。いつでも購入できるのが望ましいことは他言を要しませんが、おびただしい書籍が濫溢《らんいつ》する現在、その全てを在庫することは容易ではなく、まことに不本意な状況が続いておりました。

このような現況を打破すべく、ここに小社は、書物は文化、良書を読者への信念のもとに、新たに『歴史文化セレクション』を発刊することにいたしました。このシリーズは主として戦後における小社の刊行書のなかから名著を精選のうえ、順次復刊いたします。そこには、偽《いつわ》りのない真実の歴史、魅力ある文化の伝統など、多彩な内容が披瀝《ひれき》されています。いま甦《よみがえ》る知の宝庫。本シリーズの一冊一冊が、現在および未来における読者の心の糧《かて》となり、永遠の古典《クラシック》となることを願ってやみません。

二〇〇六年五月

吉川弘文館

室町戦国の社会　商業・貨幣・交通
永原慶二著
二四一五円（解説＝池　享）

近世農民生活史　新版
児玉幸多著
二七三〇円（解説＝佐藤孝之）

赤穂四十六士論　幕藩制の精神構造
田原嗣郎著
一八九〇円（解説＝田原嗣郎）

江戸ッ子
西山松之助著
一七八五円（解説＝竹内　誠）

江戸の町役人
吉原健一郎著
一七八五円（解説＝吉原健一郎）

近代天皇制への道程
田中　彰著
二四一五円（解説＝宮地正人）

国家神道と民衆宗教
村上重良著
二四一五円（解説＝島薗　進）